CAFÉ MERIDIAN
Vier Erzählungen

Frank Baake

CAFÉ MERIDIAN

Vier Erzählungen

Frank Baake

BERNSTEIN

Café Meridian

Vier Erzählungen

INHALT

Der Mann, dessen Kopf nur von
seinem Hut zusammengehalten wurde
| **7** |

Die Frau, die keine Sängerin geworden war
| **39** |

Der sehnsüchtige Bankier
| **79** |

Café Meridian
| **109** |

DER MANN, DESSEN KOPF NUR VON SEINEM HUT ZUSAMMENGEHALTEN WURDE

Erster Teil: Der Getränkewagen

I

Wie er so dastand, ins Schaufenster vertieft, den Blick auf ein rotes Paar Damentanzschuhe gerichtet, sah man ihm kaum an, dass sein Kopf tatsächlich nur von seinem Hut zusammengehalten wurde. Hätten die Schuhe ihrerseits durch das Fenster hindurch den Mann angeschaut, so hätten sie vermutlich mit Entsetzen gesehen, wie sich auf dessen Stirn Risse zeigten, das linke Ohr war unnatürlich nach unten gerutscht, die Augen standen übereinander und die Nase zeigte sich von vorn im Profil. Ein Brillenbügel hing ihm vor den Lippen und die Linie seines Kiefers glich einem Konzertflügel. Es war offensichtlich, dass der Mann litt.

Vielleicht galt das auch für den blauen Omnibus, der – aus welcher Laune heraus auch immer – gegen die Ecke eines Kaufhauses gescheppert war. Ziemlich sicher ist, dass die Kaufhausecke das Ereignis ungerührt zur Kenntnis nahm, wie auch die übrigen Hausecken, die in der Nähe standen. Dennoch nahm ein Polizeiwagen das Ganze zum Anlass, mit großem Trara herbeizurasen. Der Wagen bremste mit Gekreisch und verendete an einer bunten Litfaßsäule. Mehrere in blau gekleidete Figuren sprangen, soweit sie es vermochten, aus dem Automobil und ließen sich schreiend und Arme werfend auf ein unkrautbewachsenes Trottoir fallen. Der Wagen seinerseits ging, nicht weniger theatralisch, in Flammen auf. Eine weiße Statue gab es auch in der Geschichte. Eine marmorne Diana. Sie stand unbemerkt in einem Schlosspark in der Nähe eines großen Baums, gegen den ein kleiner Hund soeben das Bein erhob. In der Krone eines ganz anderen großen Baumes, der in keinerlei Zusammenhang mit dem ersten großen Baum, der marmornen Diana oder dem pissenden, kleinen Hund stand, saßen acht Krähen. Ein Flugzeug, das im Falle eines punktgenauen Absturzes sie hätte aufschrecken können, fiel dafür zu spät vom Himmel. Im Cockpit lag der Pilot erschossen in einer Ecke und ein Wildgewordener fuchtelte am Knüppel herum in der bizarren Erwartung besserer Zeiten. Die Passagiere hatten ihrerseits die Hoffnung auf bessere Zeiten aufgegeben. Einige fühlten sich ohnehin von einer weltweiten

Wirtschaftskrise geplagt, andere schrien aus Leibeskräften das sich inzwischen in Form eines mehrstöckigen Geschäftshauses nähernde Ende an. Hunger oder Durst hatte niemand, obwohl der Getränkewagen, allerdings ohne die sonst übliche charmante Begleitung, durch den Gang polterte.

II

Der Mann, dessen Kopf nur von seinem Hut zusammengehalten wurde, bedankte sich höflich bei einem Kellner. Der hatte ihm, wie jeden Tag, eine Tasse Kaffee auf den Tisch gestellt. Und wie jeden Tag wartete der Mann, dessen Kopf nur von seinem Hut zusammengehalten wurde, darauf, dass die Tasse zerbrach. Dabei war er sich des Schadens, der durch den unkontrolliert zerfließenden Kaffee entstehen würde, durchaus bewusst. Aber das beunruhigte ihn nicht. Was hätte er im Übrigen auch dagegen tun können? Am Abend verließ der Mann, dessen Kopf nur von seinem Hut zusammengehalten wurde, das berühmte Café Meridian und der Kellner trug die mit kaltem Kaffee volle Tasse in die Küche. Zuzusehen, wie der abgestandene Kaffee im Ausguss des Spülbeckens verschwand, war ihm längst zu einem beliebten Ritual geworden. In diesem Moment kam er zur Ruhe. In diesem Moment kam er zu sich, war er ganz er selbst.

III

Am folgenden Tag stand in Birmingham eine kahle Tänzerin neben einer Stange, die ein schmaler Laternenpfahl hätte sein können. Mit einer Hand hielt sie sich an der Stange fest. Es war die linke Hand. Das rechte Bein hatte sie in die Höhe gestreckt, die rechte Hand über dem Kopf abgewinkelt. Dann knickte die Tänzerin mit dem Bein, auf dem sie stand, ein und sprang aus dieser Haltung heraus, mit den Armen einen Bogen beschreibend, von der Stange weg. Sie landete um 90 Grad gedreht auf beiden Füßen, den Körper nach vorn gebeugt, die Arme wie zum Schutz vor der Stirn verkreuzt.

Dies war ein Vorgang, der im Kopf des Mannes, dessen Kopf nur von seinem Hut zusammengehalten wurde, nie vorkam. Laternenpfähle allerdings schon. Zuweilen hatte er das Lied »Lilli Marleen« im Kopf und er stellte sich vor, wie ein Soldat voller Sehnsucht einen Laternenpfahl umarmte und küsste. Ein halbes Jahr früher hatte er in einem Hotelzimmer bei offenem Fenster gelegen. Unterhalb des Fensters befand sich eine Kreuzung. Die Fußgängerampel piepste derart laut, dass der Mann, dessen Kopf damals noch nicht von seinem Hut zusammengehalten wurde, sich fragte, ob Blinde zugleich auch taub wären. Es war aus anderen Gründen, die hier darzulegen zu weit führte, eine sehr euphorische Nacht. Am Morgen trat er frei und unbeschwert auf die Straße, achtete weder auf Piepen noch Farben und wurde von einem Automobil erfasst.

Ein Taxifahrer, der im passenden Moment vorüberfuhr, war so liebenswürdig, ihn direkt ins Krankenhaus zu bringen. Der Mann, dessen Kopf später nur von seinem Hut zusammengehalten werden würde, hing schmerzlos auf dem Beifahrersitz, und das einzige, was er wahrnahm, war Geschwindigkeit. Er bemühte sich, ein Gedicht von Baudelaire laut aufzusagen, worüber der Taxifahrer, der keine Ahnung von Baudelaire hatte, erleichtert war. Der Taxifahrer vertrat die berechtigte Auffassung, dass jemand, der phantasiert, immerhin nicht bewusstlos ist. Die Fahrt endete damit, dass der Mann, dessen Kopf künftig nur von seinem Hut zusammengehalten werden würde, in einen Spiegel schoss, woraufhin sein Kopf auseinanderflog und in Scherben zu Boden fiel. Dann wurde es sehr ruhig und der Mann, dessen Kopf künftig nur von seinem Hut zusammengehalten werden würde, setzte sich auf den Boden und versuchte für lange Zeit, sein Spiegelbild wieder zusammenzusetzen.

IV

Vier Monate später musste der Taxifahrer, der den Mann, dessen Kopf nur von seinem Hut zusammengehalten wurde, ins Krankenhaus gebracht hatte, seine

Schicht abbrechen, da sein Wagen eine Panne hatte. Er ging nach Hause und fand dort die Fußsohlen seiner Frau unnatürlich weit auseinander am jeweiligen Ende schier endlos langer Beine und dazwischen einen leicht behaarten, männlichen Hintern. Ungeachtet des offensichtlichen Widerspruchs dieses Anblicks, der in dem Eindruck von Füßen am Ende endloser Beine lag, ging der Taxifahrer, von den beiden anderen Akteuren unbemerkt, in die Küche und suchte das große Fleischmesser. Er fand es allerdings nicht. Einfache Brotmesser ja, ein Käsemesser, einen Korkenzieher aber kein Fleischmesser.

Er verließ die Wohnung und betrat kurz darauf eine kleine Bar, wo er sich betrank. Zu seinem Unglück schickte man ihn nach Hause, bevor er das Bewusstsein verlor. Auf dem Weg zu seiner Wohnung rannte er gegen einen Laternenpfahl, umarmte ihn, um nicht zu stürzen und dachte plötzlich an den Mann, dessen Kopf nur noch von seinem Hut zusammengehalten wurde. Er schien ihm in diesem Moment der einzige Freund zu sein, den er je gehabt hatte. Dieses Gefühl war indes die Folge einer weinerlichen Grundstimmung, die den Mann befallen hatte. Tatsächlich hatte er Freunde. Z.B. den, der ihn jetzt zärtlich in den Arm nahm, von der Laterne fortführte und nach Hause brachte. Das war Pedro. Er war sein Nachbar, sein Freund und der Liebhaber seiner Frau. Als er mit dem Taxifahrer in der Eingangstür der Wohnung stand, fragte die Frau des Taxifahrers den Taxifahrer: Hast du getrunken?

Im weiteren Verlauf des Abends konnte man sehen, dass sich die Frau des Taxifahrers und der Freund des Taxifahrers wirklich gut verstanden. Ohne ein Wort zu wechseln, setzten sie den Taxifahrer in die Badewanne, drehten das Wasser auf, schlugen seinen Kopf ein paar Mal heftig gegen den Wannenrand und ließen den Taxifahrer dann ohne weitere Umstände im Badewasser ersaufen. Der Unglücksfall wurde von offizieller Seite ebenfalls ohne weitere Umstände dokumentiert. Das junge Paar aber reiste zu Ehren seiner Amour nach Paris, eine Stadt, an die der Mann, dessen Kopf nur von seinem Hut zusammengehalten wurde, oft dachte, und verlebten dort ein leidenschaftliches Wochenende. Hätte der Mann, dessen Kopf nur von seinem Hut zusammengehalten wurde, an diese Geschichte gedacht, so hätte er zugeben müssen, dass so ein Mord für ein Paar sehr verbindend ist und die Leidenschaft dadurch besonders lang erhalten bleibt. Länger als nach einer Hochzeit. Statistisch betrachtet. Immerhin las der Kellner, der dem Mann, dessen Kopf nur von seinem Hut zusammengehalten wurde, immer den Kaffee brachte, in einem Groschenroman, ohne ihn weiter zu beachten, den Satz: große Bindungen erzeugen großen Hass.

V

Zuweilen stellte der Mann, dessen Kopf nur von seinem Hut zusammengehalten wurde, sich vor, nicht sein Hut, sondern zwei Brüste hielten seinen Kopf zusammen. Es schien ihm, so würde es ihm besser gefallen. Als würden die Brüste seinen zentrifugalen Kopf wirklich zusammenhalten. Als wäre er eins. Er stellte sich das zum Beispiel vor, während er auf eine Straßenbahn wartete. Wie in Trance spürte er, wie die Straßenbahn kam, wie die Menschen um ihn herum drängten, um in die Straßenbahn zu kommen, und wie er als letzter sich noch hineinbegab. In der Straßenbahn sah er 14 Frauen sich mit einer Hand an einer Stange festhalten und sogleich machte er aus jeder von ihnen einen Vers eines Sonetts von Baudelaire. Jetzt erinnerte er sich an das Sonett. Obwohl sein Kopf auch jetzt nur von seinem Hut zusammengehalten wurde. Als er das Sonett rezitiert hatte, wurde er traurig und legte den Kopf, der nur von seinem Hut zusammengehalten wurde, schräg.

Wie er so dastand mit schrägem Kopf, der nur von seinem Hut zusammengehalten wurde, der seinerseits jetzt wegen der Schräglage des Kopfes drohte, herunterzufallen, gingen die Leute, die aus der Straßenbahn ausstiegen, mit einem Grinsen an ihm vorüber. Das Grinsen verschwand kurz darauf aus den Gesichtern, als zwei junge Mädchen beim Hinabsteigen der Stufen ins Stolpern kamen und sich das Genick brachen. Jetzt waren die Münder von der Konzentration geprägt, die man braucht, um beim Verlassen einer Straßenbahn über zwei tote Teenager zu steigen. Zu dieser Zeit flog eine Krähe unbeachtet gegen die Scheibe eines Hochhauses und fiel tot 50 Meter tief zu Boden. Das heißt, sie fiel nicht tot zu Boden, sondern einer älteren Dame auf den Kopf, die daraufhin ihrerseits tot zu Boden fiel. Der Mann, dessen Kopf nur von seinem Hut zusammengehalten wurde, las auf der Rückseite einer Zeitung Fußballergebnisse. Von einem Terroranschlag stand da nichts.

Das lag in diesem Fall in der Natur des Mediums, das nicht schnell genug war, von der Frau zu berichten, die zu diesem Zeitpunkt nicht mehr von ihrem Gürtel zusammengehalten wurde, sondern ganz im Gegenteil, deren Gürtel soeben dafür gesorgt hatte, dass 23 Besucher eines Cafés in Tel Aviv von nichts mehr zusammengehalten wurden. Wäre der Mann, dessen Kopf nur von seinem Hut zusammengehalten wurde, einen Tag später Straßenbahn gefahren, so hätte er vielleicht davon gelesen. Einen Tag später jedoch schaute der Mann, dessen Kopf nur von seinem Hut zusammengehalten wurde, in Richtung eines Baums. Genauer gesagt: er sah wie einige Krähen aus einem Baum flogen, als ein Angestellter der Stadt eine elektrische Säge einschaltete. Erst wurde allerlei Geäst entfernt, bevor endlich, nach einer Ewigkeit, wie es dem Mann, dessen Kopf nur von seinem Hut zusammengehalten wurde, vorkam, der Stamm langsam, still und ohne Warum aus seinem Dasein kippte. Der Mann, dessen Kopf nur von seinem Hut zusammengehalten wurde, achtete so wenig wie der eifersüchtige Taxifahrer auf die Widersprüchlichkeit seiner Wahrnehmung, die ihm vormachte, dass etwas nach einer Ewigkeit geschehen könnte.

Zweiter Teil: Eine Liebesgeschichte

I

Zuweilen erinnerte sich der Mann, dessen Kopf nur von seinem Hut zusammengehalten wurde, an etwas. Er war sich nie ganz sicher, ob er sich erinnerte oder ob er sich etwas ausdachte. Am besten jedenfalls ging es ihm, wenn er sich selbst vergaß. Als er im Krankenhaus erwachte, bemerkte er zunächst die Decke des Zimmers, in das man ihn gelegt hatte, nicht jedoch sich selbst. Dann erschien in seinem Blickfeld das Lächeln der schönsten Frau der Welt und verschwand mitsamt der Frau gleich wieder. Kurz darauf wurde es ersetzt durch den Blick eines unangenehmen Mannes mit spitzem Kinnbart, leicht hervorstehenden Augen und schmalem Gesicht. »Willkommen zurück«, sagte der Mann, aber der Mann, dessen Kopf künftig nur von seinem Hut zusammengehalten werden würde, begann bereits, sich nach dem Mund der schönen Frau zu sehnen. Der unangenehme Mann mit dem Kinnbart erklärte einiges, was dem Mann, dessen Kopf künftig nur von seinem Hut zusammengehalten werden würde, klar machen sollte, dass sein Kopf ernsthaft beschädigt war. Der Mann, dessen Kopf künftig nur von seinem Hut zusammengehalten werden würde, hörte allerdings nicht zu. Er dachte daran, den unangenehmen Mann zu bitten, die Krankenschwester von eben zu ihm zu schicken, aber er brachte keinen Ton heraus. Der unangenehme Mann verschwand. Kurz darauf vergaß der Mann, dessen Kopf künftig nur von seinem Hut zusammengehalten werden würde, alles um sich herum, und dachte nur noch an das bezaubernde Lächeln der Krankenschwester.

In den kommenden Stunden kamen mehrere Krankenschwestern an sein Bett, begrüßten ihn, schraubten an irgendetwas herum und verabschiedeten sich wieder. Nicht aber die Krankenschwester, nach der der Mann, dessen Kopf künftig nur von seinem Hut zusammengehalten werden würde, Sehnsucht hatte. Hätte der Mann, dessen Kopf künftig nur von seinem Hut zusammengehalten werden würde, etwas besser darauf geachtet, was die Ärzte und Schwestern sagten und was für Gesichter sie machten, hätte er wohl bemerkt, dass angesichts seines Gesamtzustands die Freude über sein Erwachen schnell verflogen war. Aber das einzige, was er deutlich mitbekam, war die Frage eines Arztes: Hat Schwester Lilli heute Nacht Dienst? Und die Antwort einer Schwester: Nein, die hatte heute Spätschicht. Nachtschicht macht sie morgen. Es bestand kein Zweifel, dass Lilli die Schwester mit dem schönen Mund sein musste, und so bekam das spärliche Leben des Mannes, dessen Kopf nur von seinem Hut zusammengehalten werden würde, wieder einen Sinn. Er wollte Lilli wiedersehen. Lilli, dachte er, bevor er einschlief, morgen werde ich dir etwas singen.

II

In der Nacht redete der Mann, dessen Kopf nur von seinem Hut zusammengehalten werden würde, im Schlaf. Er begann mit Flüstern, dann sprach er in Zimmerlautstärke, dann sprach er laut, schließlich rief er und schrie nach Lilli. Bei welcher Lautstärke er aufwachte, lässt sich schwer sagen. Tatsache ist, dass er erwachte und von rasender Todesangst heimgesucht wurde. Sein Lärm lockte eine hagere Krankenschwester herbei, die mit dem Charme eines Staubsaugers seinen Namen rief und beklagte, er würde das ganze Haus aufwecken. Das rettete dem Mann, dessen Kopf nur von seinem Hut zusammengehalten werden würde, das Leben. Diese Schreckschraube sollte ums Verrecken nicht der letzte Anblick gewesen sein!

III

Am Morgen erwachte der Mann, dessen Kopf nur von seinem Hut zusammengehalten werden würde, nicht. Er verbrachte vielmehr den Tag im Koma, was einerseits Unruhe beim Krankenhauspersonal verursachte, dem Mann aber einen quälenden Tag des Wartens auf Schwester Lilli ersparte. Schwester Lilli erschien um 20.01 Uhr in der Klinik. Das war zu spät, aber niemand hätte ihr deshalb einen Vorwurf gemacht, der geahnt hätte, was sie kurz zuvor durchgemacht hatte. An ihrem Wagen, ein roter, kleiner Peugeot, war der rechte Außenspiegel um wenige Millimeter verstellt. Gerade soweit, dass sie darin an einer Kreuzung einen kleinen, braunen Hund gegen einen Baum hatte pinkeln sehen. Ein offensichtlich belangloser Vorgang, der ihr sonst verborgen geblieben wäre. Was sie nicht wusste, war, dass sie sich insgeheim wünschte, Hund und Baum wären ihr tatsächlich verborgen geblieben. Was also hatte es mit dem verstellten Außenspiegel auf sich? Das ist schnell gesagt. Die schöne Lilli hatte beim Rückwärtsfahren leicht, ja beinahe zärtlich, einen großen Busch gestreift. Das hatte den Spiegel in Bewegung gesetzt. Dass kleine, rote Autos beim Rückwärtsfahren große, grüne Büsche streifen, ist so ungewöhnlich nicht. Zumal nicht, wenn auf dem Beifahrersitz ein in einen Teppich gewickelter Toter sitzt. Schwester Lilli hatte den Toten mitgenommen, um ihn in einem nahegelegenen Badesee zu versenken. Das schien ihr vor dem Hintergrund des Geschehenen das Vernünftigste. Nein, das ist nicht ganz richtig. Es war eher eine sentimentale Entscheidung. Heinrich hatte wirklich gern dort gebadet, als er noch lebte. Aus irgendeinem Grund, den niemand kennt, nahm Schwester Lilli an, dass er es auch posthum gerne tun würde und dass es ihn, wenn sie ihn dort zur letzten Ruhe warf, versöhnlich stimmen würde mit Blick auf das, was ihm zugestoßen war. Sagen wir, Schwester Lilli wollte, nachdem sie ihren Mann in der Küche mit einem Staubsauger erschlagen hatte, etwas wieder gutmachen.

Der Mann hatte nicht damit gerechnet, dass er von einem Staubsauger erschlagen werden würde. Er war von weit her gekommen und hatte tatsächlich sein ganzes Leben lang nicht daran gedacht, dass so etwas passieren könnte. Und selbst wenn, so hätte er es Schwester Lilli nicht zugetraut. Schwester Lilli hatte zwar schon oft daran gedacht, Heinrich umzubringen, aber auf die Methode wäre auch sie nie gekommen. Dazu hatte es der Leidenschaft des Augenblicks bedurft, die ihr die Kraft verlieh, den lang gefassten Entschluss nicht nur jetzt und in diesem Moment umzusetzen, sondern auch mit dem erstbesten Mordwerkzeug, das ihr in die Hände kam. Die Leidenschaft entflammte, als sie die Küche betrat und den Mann sah, mit dem sie seit zwölf Jahren verheiratet war. Er lächelte und mit einem Schlag wurde Schwester Lilli auf unerträgliche Weise klar, dass er existierte und dass er immer existieren würde, wenn sie nichts dagegen unternähme. So folgte dem Schlag der Erkenntnis ein zweiter auf den Kopf des Ehemannes mit dem zufällig anwesenden und an sich völlig unbeteiligten Staubsauger, sowie einige Tritte gegen Kopf und Rumpf des Mannes, wobei Schwester Lilli einen gewissen Hang zum Überfluss an den Tag legte.

IV

Angesichts dieses Zwischenfalls erschien es doch eher kleinlich, Schwester Lilli ermahnend darauf anzusprechen, dass es bereits eine Minute zu spät für ihren Dienstantritt sei, zumal sie nach dem Wegschaffen der Leiche zu Hause noch aufgeräumt und sich selbst vor dem Badezimmerspiegel in jenes zauberhafte Wesen verwandelt hatte, nach dem der Mann, dessen Kopf nur noch von seinem Hut zusammengehalten werden würde, soviel Sehnsucht hatte, ja, für das er – die Gunst der Stunde nutzend – ins Koma gefallen war, um an einem scheinbar endlosen Tag des Wartens nicht vor Sehnsucht zu vergehen. Um 20.14 Uhr begann Schwester Lilli nach den Patienten zu sehen und um 20.21 Uhr erwachte der Mann, dessen Kopf nur von seinem Hut zusammengehalten werden würde, als Schwester Lilli sich prüfend über ihn beugte und die atmende Nähe ihrer Brüste, wie der Dichter sagen würde, ihn aus dem Koma rief. Der Mann, dessen Kopf usw. lächelte matt. »Schwester Lilli«, sagte er heiser, »Schwester Lilli, ich möchte etwas für Sie singen.«

Schwester Lilli sah ihn an. Der Mann, dessen Kopf usw., konnte sich nicht erinnern, dass ihm so große, braune und leuchtende Augen jemals so nah gewesen wären. Oder dass jemals ein so zauberhafter Mund so nah vor ihm gelächelt hätte. Nun war Erinnern ohnehin nicht seine Stärke, sonst hätte Schwester Lilli ihn zum Beispiel an Penelope Cruz erinnert, wie sie es bei jedem tat, der mal im Kino gewesen war. Tatsache ist aber, dass wirklich noch nie so große, braune, leuchtende, Augen und ein so zauberhaft lächelnder Mund so nah vor ihm erschienen waren. »Sie wollen für mich singen?« fragte Lilli mit einer Stimme, die dem Mann, dessen Kopf usw., selbst wie Gesang vorkam. Der Mann, dessen Kopf usw., nickte kaum merklich und begann zu singen: »Vor der Kaserne, vor dem großen Tor, stand eine Laterne, und steht sie noch davor, so wollen wir uns da wiedersehn, bei der Laterne wollen wir stehn, wie einst Lilli Marleen …«

Während der Mann, dessen Kopf usw., sang, begann Schwester Lilli zu weinen. Sie lächelte noch immer und zugleich weinte sie. Da sagte der Mann, dessen Kopf usw.: »Ich liebe Sie, Lilli. Ich werde nicht sterben, bevor ich Sie nicht einmal zum Essen ausgeführt und mit Ihnen tanzen gegangen bin. Allein dafür werde ich wieder gesund werden.« Von Schwester Lillis Reaktion war der Mann, dessen Kopf usw., überrascht. Sie senkte ihre Stirn auf seine Brust und weinte hemmungslos. Niemand wusste, warum sie das tat. Vielleicht aus Rührung, vielleicht aus Trauer, weil sie doch wusste, dass der Kopf des Mannes, dessen Kopf nur von seinem Hut zusammengehalten werden würde, künftig bestenfalls von seinem Hut zusammengehalten werden würde, vielleicht, weil die Liebeserklärung des Mannes, dessen Kopf usw., in ihr nach den Ereignissen des Tages ein unwiderstehliches Verlangen nach Geborgenheit ausgelöst hatte. Vermutlich war es eine Mischung aus allem, die, als Schwester Lilli ihren schönen Kopf wieder erhob, in ihr die zärtlichsten Gefühle aufsteigen ließ, was wieder einmal ein Beleg dafür war, das große Liebe nicht entfacht, sondern angerührt werden muss.

V

So liebten sie sich zärtlich und scheu und jederzeit um Heimlichkeit bemüht, was die Sache romantischer machte und unerlässlich war, da es sich für eine Krankenschwester nicht ziemte, derartige Wallungen für Patienten zu empfinden, auch nicht für solche, deren Kopf künftig bestenfalls von ihrem Hut zusammengehalten werden würde. Tatsache ist jedenfalls, dass sie es war und nicht der medizinische Apparat, die ihn gesund machte. Genauer gesagt – ihre Liebe. Oder war es seine Liebe, die ihn genesen ließ? Das ist eine schwierige Frage. Jedenfalls erschien sie eines Abends, als sie wieder einmal Nachtdienst hatte, bei ihm mit einer in buntes Geschenkpapier gewickelten Schachtel. Sie küsste ihn zärtlich und sagte: »Schau mal, ich habe ein Geschenk für Dich.« Der Mann, dessen Kopf künftig nur von seinem Hut zusammengehalten werden würde, riss das Papier auf und öffnete die Schachtel und darin war - ein Hut.

VI

Der Rest der Geschichte ist schnell erzählt. An dem Tag, an dem man den Mann, dessen Kopf nur von seinem Hut zusammengehalten wurde, auf eigene Verantwortung aus dem Krankenhaus entließ, wurde Schwester Lilli, als sie sich gerade vor dem Badezimmerspiegel in jenes zauberhafte Wesen verwandelte, nach dem der Mann, dessen Kopf usw. sich so unendlich und übrigens noch unerfüllt verzehrte, von hereinbrechenden Polizisten wegen Mordes verhaftet. So klingelte der Mann, dessen Kopf vom neuen, von der Geliebten ihm als Geschenk dargebrachten Hut zusammengehalten wurde, eine

Stunde später vergeblich an ihrer Türe, nicht ahnend, dass Schwester Lilli nicht nur auf polizeiliche Abwege geraten war, sondern zu diesem Zeitpunkt bereits dank einer unachtsamen Straßenbahn auf dem Rücksitz des Polizeiwagens ihr Leben ausgehaucht hatte.

Dritter Teil: Kaleidoskop ohne Spiegel

I

Der Kellner, der gegen Abend oft eine volle Tasse kalten Kaffees in ein Spülbecken goss, dachte: ‚Ich hätte auch gerne einen Hut.' Derweil hing hinter ihm ein Blechschild, auf das im Stil der 50er Jahre ein Pinup-Girl gedruckt war. Ein Passant draußen auf der Straße klappte seinen Regenschirm auf und wünschte sich, er wäre jemand anderes. Der Mann, dessen Kopf nur von seinem Hut zusammengehalten wurde, stand vor einem Schaufenster mit nackten Schaufensterpuppen und spürte Schmerzen in seinem vom Hut zusammengehaltenen Kopf. Er sah einen vorüberfahrenden Wagen sich spiegeln, von dem er sich nicht erklären konnte, warum er in seinem Leben vorkam. Er verfolgte den Gedanken nicht weiter, was vermutlich klug war. Dann betrat er das Geschäft aus Sorge, sein Hut könnte im Regen Schaden nehmen.

Eine Frau mit Vogelgesicht und Hasenzähnen kam auf ihn zu und fragte erschöpft: »Sie wünschen bitte?« Es war ein Dessousladen, das hatte der Mann, dessen Kopf nur von seinem Hut zusammengehalten wurde, jedoch erst beim Betreten des Ladens gemerkt. Sogleich fühlte er sich ertappt. Die Frau schaute für den Bruchteil einer Sekunde auf seinen Hut. »Ich möchte etwas Schönes für meine Freundin«, sagte er wie ein Junge. »Woran dachten Sie?« fragte die Frau. »Wissen Sie, wo sie ist?«, fragte der Mann, dessen Kopf usw., unvermittelt. Dann verließ er mit den Tränen in den Augen fluchtartig das Geschäft. Gegen Abend erlitt die Frau mit dem Vogelgesicht und den Hasenzähnen einen Schlaganfall. Sie hatte seit zwei Tagen unter starken Kopfschmerzen gelitten. Sie taumelte auf einen Stuhl, ihr Vogelgesicht verzerrte sich von der einsetzenden Lähmung, sie bekam riesige Augen und schnappte nach Luft. Dann kippte sie auf den Boden und rührte sich nicht mehr. Vielleicht war es so. Wer kennt sich schon damit aus? Und bemerkt hat es niemand. Ebenso wenig wie das Geräusch eines silbernen Fingerhuts auf einem weißen Spitzendeckchen im Hinterzimmer eines portugiesischen Friseurs.

II

Die abschüssige Straße, die an dem Friseurladen vorüberführte, raste ein lautes Moped entlang und verjagte eine kleine, schwarze Katze. Auf dem Moped saß ein junger Kerl mit dunkelbraunen Haaren, in hellen Shorts und einem durchschwitzten, weißen Hemd. Das letzte, was er in seinem kurzen Leben sah, war eine schwarz gekleidete, dicke Frau mit zwei beringten Fingern. Sie war groteskerweise deshalb das letzte, was er sah, weil er sie zu spät sah. Die Katze verschwand in einem Busch und miaute. Sie schaute auf einen mit Steinen gepflasterten Platz, hinter dem sich lautlos eine Dorfkirche erhob. In diese Kirche würde der Friseur, was er zu diesem Zeitpunkt nicht wusste, am nächsten Tag zweimal gehen, denn er hatte beiden die Haare geschnitten, dem Jungen und der dicken Frau. Er würde sich daran erinnern, wie der Junge ihm von seiner Freundin erzählte, einem blondierten Mädchen aus dem Nachbardorf. Sie gingen zusammen tanzen und zum Fußball und sie saßen gemeinsam auf Plätzen. Allerdings nie auf dem erwähnten kleinen Kirchplatz. Dort hatte die dicke Frau oft mit zwei Freundinnen gesessen, schwitzend und mit schlechten Zähnen. Einmal hatte sie die Geschichte erzählt, wie sie an den Ring am Mittelfinger der linken Hand gekommen war. Ein Erbstück. Sie hatte ihn, da war sie fast noch ein Kind, einer Großtante vom Finger geklaut, unmittelbar nachdem diese - allein mit dem

Mädchen - das Zeitliche gesegnet hatte. Das wussten aber nur sie und die Tote und beide redeten nicht darüber. Die kleine Diebin erzählte, die Großtante habe ihr den Ring mit den Worten »nimm du ihn, ich brauche ihn ja jetzt doch nicht mehr« geschenkt. Bevor jemand auf die Idee kam, ihr das nicht zu glauben, war sie so dick geworden, dass niemand mehr den Ring von ihrem Mittelfinger ziehen konnte. Sie wurde mit dem Ring begraben, weil keine ihrer kleinen Nichten genügend kriminelle Energie besaß, ihr, um an den Ring zu kommen, den Finger abzuhacken. Sie hatte es da bei den krebsdürren Fingern ihrer eigenen Tante wirklich leichter gehabt! Das blondierte Mädchen aus dem Nachbardorf war übrigens romantisch und warf voll Kummer über ihren toten Geliebten anstatt einer Blume dem dicken Weib mit seinen beringten Fingern einen üblen Fluch in die Grube, woraufhin sie am offenen Grab geohrfeigt wurde und in Tränen ausbrach. Später wurde reichlich gegessen. Dies alles hatte mit dem Mann, dessen Kopf nur von seinem Hut zusammengehalten wurde, nicht das Geringste zu tun.

III

In einer anderen Stadt waren ein Friseur und ein Hutmacher miteinander befreundet. Sie trafen sich des Öfteren auf ein Gläschen und redeten über ihre Frauen, andere

Frauen, Politik, das Geschäft, Kopfformen, Haare und natürlich Sport. Sie wurden älter, der Hutmacher wurde krank und starb. Der Friseur war dann öfter zu Hause, hatte aber mit seiner Frau nichts zu reden. Er schaute jetzt häufiger aus dem Fenster als früher. Einmal sah er eine schwarze Katze über die Straße laufen und in einem Busch verschwinden. So etwas passiert überall auf der Welt. Ein anderes Mal wandte er sich vom Fenster ab und spürte in seinem Magen, dass es Zeit für das Abendessen war. Er ging hinüber ins Esszimmer, setzte sich an einen gedeckten Tisch und hatte kurz darauf einen ihm nach all den Jahren fast bis zur Unkenntlichkeit vertrauten Schweinebratengeschmack im Mund. Dies ist eine weitere Geschichte, die, soweit das zu beurteilen ist, nichts mit dem Mann, dessen Kopf nur von seinem Hut zusammengehalten wurde, zu tun hat.

IV

Jetzt wird klar, dass der Mann, dessen Kopf usw., wenn er im Café saß, keineswegs nur darauf wartete, dass die Tasse zersprang. Vielmehr machte er sich Gedanken. Z.B. diesen: wie kommt es, dass auf der Welt so viele Dinge geschehen, die mit mir nichts zu tun haben, wenn doch die ganze Welt um mich herum ist und ich also offensichtlich der Mittelpunkt der Welt bin? Und war es möglich, dass diese Tasse vor ihm auf dem Tisch gar nichts mit ihm zu tun haben *wollte* und darum nicht zersprang? Der Mann, dessen Kopf nur von seinem Hut zusammengehalten wurde, spürte, dass solche Überlegungen nicht gesund für ihn waren. Fühlte er sich überhaupt als Mittelpunkt? Vielleicht als *Mittelpunkte,* und in diesem Fall bemerkte er tatsächlich die Unsinnigkeit seiner Gedanken. Schließlich konnte es von etwas nicht mehrere Mittelpunkte geben, selbst wenn es sich bei diesem Etwas um die Welt handelte. Und doch war es so. Dann fing der Mann, dessen Kopf nur von seinem Hut zusammengehalten wurde, plötzlich laut an zu lachen, weil ihm klar geworden war, dass er, dessen Kopf nur von seinem Hut zusammengehalten wurde, nicht mehr in der Lage war, sich selbst unter einen Hut zu bringen. Dem in der Nähe stehenden Kellner sowie dem jungen Pärchen am Nachbartisch blieb dieser Heiterkeitsausbruch völlig unerklärlich. Sie konnten nicht ahnen, dass der traurige Mann, dessen Kopf nur von seinem Hut zusammengehalten wurde, in der Lage war, sich mit solchen Kalauern selbst zu erheitern.

V

Eine andere Frage, die der Mann, dessen Kopf usw., sich stellte, war, wie es möglich sein konnte, dass die von der Erde abgewandte Seite des Mondes immer dunkel war. Er war der Meinung, dass eine Kugel gar keine, und wenn, dann höchstens eine Seite besaß. Wo sollte bei einer Kugel die andere Seite anfangen? Das galt auch für den Mond. Oder war eine beschienene Kugel keine Kugel mehr, weil sie durch die Bescheinung mehr als eine Seite hatte? Und wie war es mit Köpfen? Sein Kopf hatte nicht mehr viel von einer Kugel. War ein Kopf vielleicht nichts weiter als eine Kugel, die ihre verborgenen Seiten zeigte? Oder war ein Kopf vielleicht eine Kugel ohne Seiten, dafür aber mit Richtungen? Der Mann, dessen Kopf nur von seinem Hut zusammengehalten wurde, einigte sich mit sich, dass ein Kopf überhaupt keine Kugel war, sondern bloß ein abgerundeter Kasten. Und sein Kopf war ein ziemlich demolierter Kasten. Mit dieser bitteren Erkenntnis sah er aus dem Fenster des Cafés, dann wieder zu seiner Kaffeetasse und er fühlte sich wie ein Kommissar in einem Kriminalroman, der eben eine kurze Kaffeepause macht, um dann wieder ins Büro zurück zu kehren. »Waren irgendwelche Anrufe?« fragte der Kommissar seine Sekretärin. »Ihre Frau«, antwortete die Sekretärin. Da dachte der Mann, dessen Kopf nur von seinem Hut zusammengehalten wurde, an Lilli und musste heftig mit den Augen zwinkern, um seine Tränen zu behalten.

Die Geschichte mit dem Kommissar war nicht ungewöhnlich. Der Mann, dessen Kopf usw., litt zunehmend unter Tagträumen. Zwar waren diese Träume zuweilen durchaus angenehm. Oft aber auch nicht und sie waren immer unberechenbar. Sie überkamen ihn regelrecht. Und zwar aus nichtigen Anlässen. Es konnte sein, dass er an einer Ampel stand und ein vorüberfahrendes, italienisches Auto machte ihn zu einem Dirigenten. Oder er schaute auf ein altes Geländer und wurde plötzlich ein Flüchtling aus einem fernen Land, den man in einer schmalen Häusergasse zu Tode hetzt. Manchmal verflog ein Traum für den nächsten. Dann machte der Rhythmus einer blinkenden Leuchtreklame aus einem südafrikanischen Busfahrer ein Kind, das sich nach Legosteinen sehnt, und der Geruch von Müll aus dem Kind einen Mann, der über Kies geht. Oder das Geräusch einer Grille machte ihn unversehens zu einer Frau, die sich in einem Badezimmer ihrem Spiegelbild entgegen beugt.

Vierter Teil: Der Hutmacher

I

An diesem Tag fuhr ein oranger Fahrkartenabstempelautomat, an einer senkrechten Stange in einer Straßenbahn hängend, 24 Stunden durch die halbe Stadt hin und her und klingelte, wenn jemand eine

Fahrkarte zum Abstempeln in ihn hineinschob. Hätte er aus dem Fenster gesehen, hätte er an einer großen Kreuzung, deren Ampeln laute Pieptöne von sich gaben, ebenfalls an einer senkrechten Stange hängend, einen ebenfalls orangenen Mülleimer sehen können. In dem Mülleimer befand sich der Abfall verschiedener Menschen, die bislang nicht im Leben des Mannes, dessen Kopf nur von seinem Hut zusammengehalten wurde, vorgekommen waren. Bis auf einen, und der war bislang auch nicht darin vorgekommen, jedenfalls nicht direkt. In dem Mülleimer befanden sich u.a. die senfbeschmierte Bratwurstpappschale eines Handlungsreisenden, der abgebrochene Lippenstift einer Hure, die zusammengeknüllte Brötchentüte einer Friseuse, die fettige Papierserviette eines Deutschlehrers und die in einer Straßenbahn ausgelesene Zeitung eines Hutmachers. Allerdings deutete nichts darauf hin, dass es sich hierbei um einen Hutmacher handelte, nicht die Plakate auf der Litfaßsäule gegenüber dem Mülleimer, auch nicht der Fahrplan an der nächstgelegenen Straßenbahnhaltestelle und auch nicht die Überschriften auf der Zeitung, die er weggeworfen hatte. Vom Verlauf der Steinplatten des Gehweges ganz zu schweigen. Und doch war er Hutmacher und er hatte Lilli jenen Hut verkauft, der jetzt den Kopf des Mannes, dessen Kopf nur von seinem Hut zusammenhalten wurde, zusammenhielt.

Der Mülleimer hing derweil ahnungslos an seiner Stange. Das änderte sich erst, als ein Polizeiwagen mit Tatütata und großer Geschwindigkeit gegen die nahe Litfaßsäule knallte. Mehrere Polizisten flogen aus dem Wagen, der in Flammen aufging, und einer der Polizisten prallte gegen den Mülleimer. Der Mülleimer zerbrach, der Müll fiel auf das unkrautbewachsene Trottoir, Pappschale, Lippenstift, Brötchentüte, Zeitung und was des Mülls mehr gewesen war, der Polizist brach sich das Genick und auf der Rückseite der Zeitung stand unter einem Bild von Paris Hilton, dass Schmuckdesign der neue Modeberuf der Prominenten sei. Das erklärte nicht, warum neben Fahrkartenabstempelautomaten und Mülleimern auch Stripperinnen häufig an senkrechten Stangen hängen.

Der Mann, dessen Kopf usw., hatte keinen größeren Wunsch, als jenen Hutmacher kennen zu lernen, der der bezaubernden Lilli den Hut verkauft hatte, der nun seinen Kopf zusammenhielt. Aus ebenso romantischen wie unerklärlichen Gründen glaubte er, dass durch die Person, die außer ihm und Lilli als einzige noch unmittelbar zur Hutgeschichte gehörte, seine Einsamkeit wenigstens für einen Moment verflöge und die verlorene Lilli ihm noch einmal nahe sein würde und sei es auch nur als Erinnerung. Er sehnte sich sehr nach Lilli. Schlimmer noch: inzwischen sehnte er sich sehr nach der Erinnerung an Lilli, denn sein von äußeren und zunehmend auch inneren Spaltungen geplagter Kopf vermochte es seit einigen Tagen nicht mehr, sich Lillis himmlisches Antlitz zu vergegenwärtigen. Jetzt stand er an einer Straßenbahnhaltestelle und beobachtete zwei Bauarbeiter in kurzen Hosen. Der eine trug eine blaue, der andere eine weinrote, kurze Hose und das Weinrot gab dem Mann, dessen Kopf usw., sogleich das Gefühl, ein 13-jähriger Junge auf einem Fahrrad zu sein. Dann pinkelte wieder einmal ein Hund gegen einen Baum und der Mann, dessen Kopf nur von seinem Hut zusammengehalten wurde, verwandelte sich in einen Maler, der den gusseisernen Zierrat auf dem Dach eines alten Zeitungskiosks betrachtet.

II

Der Maler trat an den Kiosk heran und las die Überschriften der Zeitungen. Wieder hatte der Hebammenmörder zugeschlagen. Die vierte tote Hebamme in drei Wochen. Ein Wagen hupte und der Maler schaute – nun ein leidenschaftlicher Rennfahrer auf dem Weg zu einer Geliebten – hinauf zu einem Fenster, hinter dem soeben ein Vorhang zugezogen worden war. Der Blick nach oben mit dem Kopf im Nacken verursachte einen stechenden Schmerz in seinem Schädel und zugleich wäre dem Mann, dessen Kopf nur von seinem Hut zusammengehalten wurde, um ein Haar der Hut vom Kopf gerutscht. Erschrocken brachte er seinen Kopf wieder in eine normale Stellung. Der Rennfahrer war weg. Der Mann, dessen Kopf nur von seinem Hut zusammengehalten wurde, stand auf dem Gehsteig und atmete schwer. Als der Schmerz ein wenig nachgelassen hatte, setzte er seinen Weg fort. Wieder schossen ihm die Tränen in die Augen und er ließ sie laufen.

III

Mit den Schmerzen im Kopf fiel dem Mann, dessen Kopf usw., das Denken noch schwerer als ohnehin. Er erinnerte sich an nahezu nichts mehr. Er war inzwischen in einem Zustand, in dem er rundweg bestritten hätte, der Mann, dessen Kopf nur von seinem Hut zusammengehalten wurde, überhaupt zu sein. Das ist bei jemandem, der so sprunghaft sein Gefühl von dem, wer er ist, wechselt, nur allzu verständlich. Für ihn war der Mann, dessen Kopf nur von seinem Hut zusammengehalten wurde, nur einer von vielen. Tatsache ist allerdings, er *war* der Mann, dessen Kopf nur von seinem Hut zusammengehalten wurde. Jedenfalls von außen betrachtet. So war es nicht verwunderlich, dass der Kellner ihm – obwohl er zu unüblicher Zeit ins Café Meridian gekommen war – unaufgefordert eine Tasse Kaffee brachte und sich nach seinem Befinden erkundigte. »Alles bestens«, antwortete der Mann, dessen Kopf usw., »ich fliege gleich noch zum Mond.« Den Kellner überraschte die Antwort und er wusste nicht, was er damit anfangen sollte. Unwillkürlich sagte er: »Na, dann wünsch ich gute Geschäfte!« »Dankeschön, danke«, sagte der Mann, dessen Kopf nur von seinem Hut zusammengehalten wurde.

IV

Und so betrat einige Zeit später, draußen war es dunkel geworden, ein anderer Mann das Café. Auf der Suche nach einem Platz fiel sein Blick auf den Hut des Mannes, dessen Kopf nur von seinem Hut zusammengehalten wurde. Er kannte den Hut. Er kannte viele Hüte. Und er kannte auch diesen Hut. Und immer wenn er einen ihm bekannten Hut sah, fragte er sich, was in der Zwischenzeit aus dem Hut geworden war. So trat der Mann zu dem Mann, dessen Kopf usw., und sagte leise: »Verzeihung.« Der Mann, dessen Kopf usw., sah auf und wieder fuhr ein stechender Schmerz durch seinen Kopf. »Ja bitte?« fragte er mit erstickter Stimme. »Entschuldigen Sie, dass ich Sie anspreche«, sagte der Mann, »aber ich sah Ihren Hut und ich glaube, den Hut zu kennen, ich bin sogar sicher, dass ich ihn kenne. Ich bin, müssen Sie wissen, Hutmacher.« Da erhob sich der Mann, dessen Kopf nur von seinem Hut zusammengehalten wurde, lächelte

und lüftete grüßend seinen Hut.

DIE FRAU, DIE KEINE SÄNGERIN GEWORDEN WAR

Andante

I

Die Frau, die keine Sängerin geworden war, drehte am Schalter ihres Gasherdes und es begann zu zischen. In der anderen Hand hielt sie ein langstieliges Feuerzeug. Wie immer zögerte sie das Zischen einen Moment hinaus und wie immer bewegte sie dabei kaum sichtbar die Lippen. Es ist möglich, dass sie jedesmal dasselbe dachte, wenn sie das Zischen hörte, und dass es sie jedesmal auf geheimnisvolle Weise berührte. Andererseits können wir darüber nichts Verlässliches sagen, denn, was immer die Frau, die keine Sängerin geworden war, dachte, dachte sie in einer Sprache, die wir nicht verstehen. Wir hätten auch nicht verstanden, was sie dachte, wenn sie in den Spiegel schaute, wenn sie eine Treppe hinaufging, auf eine U-Bahn wartete oder sich einen Kaffee eingoss. Das Innere der Frau, die keine Sängerin geworden war, war für uns Äußere nichts als Klang. Und dazu ein Klang, den wir nicht hören konnten. Das Innere der Frau, die keine Sängerin geworden war, war unhörbarer Klang. Auch einige Minuten nach dem Zischen des Gases, als sie sich zum zigtausendsten Mal in ihrem Leben einen Kaffee eingoss.

Später stand die Frau, die keine Sängerin geworden war, barfüßig und mit zerzausten Haaren an einem Fenster und schaute auf den dunklen Spalt zwischen Fenster und Fensterrahmen. Sie trug ein dunkelblaues, etwas verknittertes Kleid von schlichter Eleganz. Viele Jahre früher hatte die Frau, die keine Sängerin geworden war, in einem südlichen Land ebenfalls an einem Fenster gestanden und auf den dunklen Spalt geschaut. Sie hatte sogar ein Ohr daran gehalten. Draußen hatte unterdessen ein Mann ein Ruderboot, von dem Farbe abblätterte, auf Rädern die Straße entlang geschoben. Ein anderer Mann hatte hinter ihr auf einem Bett gelegen und noch geschlafen und drei Monate später hatte sie ihn geheiratet.

Es ist durchaus nicht so, dass die Frau, die keine Sängerin geworden war, immer auf den Spalt zwischen Fenster und Fensterrahmen schaute, wenn sie an einem Fenster stand. Im Gegenteil. Meistens schaute sie aus dem Fenster hinaus und oft schaute sie auch vom Fenster aus in die Wohnung hinein. Dann stand die Frau, die keine Sängerin geworden war, mit dem Rücken zum Fenster, sah in die Wohnung und sah, wie ihr Mann nicht mehr da war. Oder sie ging durch die Wohnung und berührte sanft mit der Außenseite ihrer Finger Tischkanten, Sesselpolster, Türrahmen, die Klaviertastatur. Früher häufiger mit der Innenseite, jetzt meistens mit der Außenseite. Wir wissen aus den oben genannten Gründen nicht, was sie dabei dachte, wir wissen aber, dass sie zuweilen hinter dem Stuhl, auf dem ihr Mann immer am Esstisch gesessen hatte, stehenblieb und beide Hände auf die Rückenlehne legte, als schaute sie ihrem abwesenden Mann auf den Hinterkopf. Ihr dürfte klar gewesen sein, dass sie ihrem Mann bestenfalls auf den Kopf schauen konnte, aber niemals hinein. Du kannst niemandem in den Kopf gucken, hatte ihre Mutter einige Tage vor der Hochzeit eine alte Binsenweisheit zum Besten gegeben. Eine blondierte Schuhverkäuferin, bei der die Frau, die keine Sängerin geworden war, an diesem Tag dunkelblaue Pumps gekauft hatte, hatte einige Wochen zuvor in einem sehr schlechten Roman mit Staunen gelesen: Man kann in einen Kopf nicht hineingucken - und es schaut auch nichts heraus.

Was die Frau, die keine Sängerin geworden war, nicht wissen konnte, ist, dass ihr Mann sich jahrelang nichts sehnlicher gewünscht hatte, als dass seine Frau tatsächlich in seinen Kopf hineinschauen und auch dieses Innere seines Kopfes hätte lieben können. Manchmal hatte er über das Innere seines Kopfes gesprochen, aber nur selten und wenn, hatte er sich unverstanden gefühlt. Jetzt aber schaute die Frau, die keine Sängerin geworden war, nicht in die Wohnung hinein nach ihrem abwesenden Mann, sondern zum Fenster hinaus. Was sie sah, hatte keine Ähnlichkeit mit einem südlichen Land, auch nicht mit dem Geruch muffiger Perücken, mit Gänsehaut von der Kühle eines Frühlingsabends oder mit Radionachrichten beim Anblick eines Regenschirms.

II

32 Jahre, 4 Monate und ein paar Tage früher sprang die Frau, die noch keine Sängerin geworden war, in einem etwas zu großen Trenchcoat und mit einer roten Baskenmütze auf dem Kopf ein Treppenhaus hinunter und zu einer Haustür hinaus. Einige Minuten später überquerte sie an verbotener Stelle auf einem Fahrrad eine Straße. Zu dieser Zeit trällerte sie oft und wir können nur spekulieren, warum sie das tat. Vielleicht, weil die Frau, die noch keine Sängerin geworden war, Sängerin werden wollte. Vielleicht, weil sie in den Kerl, dem der Trenchcoat und übrigens auch das Fahrrad gehörten, heftig verknallt war. Vielleicht auch, weil sie keine Vorstellung davon hatte, dass sie einmal 32 Jahre, 4 Monate und ein

paar Tage älter sein würde. Jedenfalls trällerte sie und einige Tage darauf trug sie statt der roten Baskenmütze ein weißes Kopftuch und sah mit ihrer großen Sonnenbrille aus wie ein Filmstar, der nicht erkannt werden wollte. Das hatte ihr Kerl gesagt. Jetzt siehst du aus wie ein Filmstar, der nicht erkannt werden will. Und sie hatte gefragt: gehst du denn mit deinem Filmstar, der nicht erkannt werden will, heute Abend ins Kino?

In dem Kino arbeitete seit fast vierzig Jahren eine Platzanweiserin. Eine alte Frau, die ihre Arbeit gern machte, auch wenn man es ihr nicht anmerkte. Wortlos leuchtete sie mit ihrer Taschenlampe auf die Karten, ging ein paar Schritte, leuchtete dann ebenso wortlos auf leere Plätze und war auch schon wieder verschwunden. Sie war klein, weshalb sie seit Jahrzehnten hohe Schuhe trug. Inzwischen ging sie krumm, weshalb sie nun im Alter erst recht hohe Schuhe trug. Die Kinobesucher liebten die spröde, alte Dame und sie scherzten zuweilen über ihren unsicheren Gang. Der Kerl, mit dem die Frau, die noch keine Sängerin geworden war, an diesem Abend ins Kino ging, beugte sich zu der Frau, die keine Sängerin werden sollte, und flüsterte in ihre Ohrmuschel: »Das ist bestimmt Edith Piaf. Gleich singt sie ›Je ne regrette rien‹«. Die Frau, die keine Sängerin werden würde, lachte über die Bemerkung des jungen Mannes. Was kein Kinobesucher wusste, war, dass die Platzanweiserin, als sie als junge Platzanweiserin einmal nach der letzten Vorstellung den leeren Kinosaal betreten hatte, von einem jungen und vor Angst halb verrückten Deserteur überrascht worden war. Der hatte sich zwischen den Reihen versteckt und auf die junge Platzanweiserin gewartet. Als diese, klein aber auf hohen Schuhen, nah genug herangekommen war, sprang er mit einem genuschelten »jetzt gehörst du mir« zwischen den Stühlen hervor und drängte sie gegen die Kinowand. Genauer gesagt, mit der ausgestreckten Rechten drückte er gegen ihre Kehle und ließ sie so zurückweichen, bis sie gegen die Kinowand stieß, wo er mit der Linken anfing, sie ungeschickt zu begrapschen. In ihrer Todesangst trat die Platzanweiserin dem Jungen mit ihren hohen Schuhen in den Schritt und verwandelte so den grausen Unhold in ein wimmerndes und schließlich mit den Händen am Schwanz flüchtendes Häufchen Elend. Die junge Platzanweiserin aber richtete sich Haar und Kleidung und schaute dankbar auf ihre Schuhe. Und so kam es, dass die Platzanweiserin noch Jahrzehnte später, wenn sie nach der letzten Vorstellung den Saal betrat, ganz leise »warte nur, Bürschchen« vor sich hin murmelte.

Fast genau zwei Jahre nach dem Kinobesuch der Frau, die keine Sängerin geworden war, knickte die greise Platzanweiserin, als sie gerade »warte nur« gemurmelt hatte, mit ihren hohen Schuhen um und stürzte, das Wort »Bürschchen« auf den Lippen, gegen eine hölzerne Armlehne. Nunja, das ist dichterische Freiheit. Vielleicht war es so. Wahrscheinlich nicht. Es war niemand dabei. Der Kinobesitzer fand die Platzanweiserin am anderen Mittag tot im Gang. Eine neue Platzanweiserin wurde nicht eingestellt. Das Kino schloss ein paar Wochen später. Die Frau, die keine Sängerin geworden war, hatte ein paar Mal die alte Platzanweiserin gesehen, und wir wissen nicht, was sie bei deren Anblick gedacht haben mag. Sicher ist, dass sie Jahre später zu einer Freundin sagte: »Weißt du, manchmal wünsche ich mir eine Platzanweiserin, die mir dorthin leuchtet, wo ich hingehöre.«

III

Die Frau, die keine Sängerin geworden war, hatte in ihrem Leben verschiedene Dinge gemacht. So hatte sie sich achtmal hintereinander auf einen Stuhl gesetzt, war wieder aufgestanden und hatte sich wieder hingesetzt. Dabei hatte sie gelacht und gesagt, sie habe zuvor nie gespürt, wie der Saum ihres Rocks über ihre Kniescheiben streicht. Sie hatte diesen Vorgang nie wiederholt, obwohl sie offenbar Freude daran gehabt hatte. Andere Dinge hatte sie unzählige Male wiederholt. Auf ihre Schuhe geschaut zum Beispiel. Eine Tür geöffnet. Sich dem Schlaf hingegeben. Sie hatte auch oft ein bestimmtes und auf sehr altmodische Weise geblümtes Kleid getragen, meistens mit einer kurzen, braunen Lederjacke darüber. Es gab Fotos von ihr, wo sie dieses Kleid trug. Es gab aber kein Foto von ihr, wie sie eine Treppe hinaufging. Das mag überraschen, denn die Frau, die keine Sängerin geworden war, war in ihrem Leben sehr oft Treppen hinaufgegangen. Sie war sehr oft hinaufgegangen aber nur einmal hinuntergefallen. Dabei hatte sie Glück. Sie verstauchte sich nur den Fuß und bekam eine Schwellung über dem linken Knöchel.

Jahre früher schaute die Frau, die keine Sängerin geworden war, auf ein Stück Fisch auf einer Gabel. Natürlich hatte sie durchaus öfter auf Fischstücke auf einer Gabel geschaut und nichts hebt dieses eine Mal, von dem wir hier sprechen, gegenüber den anderen Malen hervor, außer dass es das eine Mal ist, das hier ausdrücklich erwähnt wird. Meistens sind Dinge, die ausdrücklich erwähnt werden, auf irgendeine Weise wichtig. Wir könnten sagen, dass dieses Stück Fisch auf der Gabel vielleicht für den Fisch von besonderer Wichtigkeit war. Andererseits befand sich der Fisch zu diesem Zeitpunkt in einem Zustand, in dem ihm vermutlich nichts mehr besonders wichtig war. Für das Fischstück allerdings war dieser Moment auf der Gabel ziemlich wichtig, denn es war der einzige Moment, in dem das Fischstück in seiner kurzen Existenz überhaupt als solches betrachtet wurde. Sekunden zuvor noch unidentifizierbarer Teil eines, wenn auch angefressenen, Fischganzen, würde es einen Augenblick später zwischen den Zähnen der Frau, die keine Sängerin geworden war, seine Kontur, wenn nicht gar seine Identität, schon wieder verlieren. Andererseits ist völlig unklar, ob Fischstücke überhaupt etwas sind, von dem man sagen kann, für sie sei dieses oder jenes besonders wichtig. Bleiben wir lieber bei der Frau, die keine Sängerin geworden war.

    Sie hatte einen Vater, eine Mutter und eine jüngere Schwester. Mit 34 lächelte sie, nachdem sie soeben etwas Creme brulée auf einem Löffel zu ihrem halbgeöffneten Mund geführt hatte. Ihre Mutter hatte oft abends im Bett mit ihr gesungen. An einem Sommerabend schaute die Frau, die keine Sängerin geworden war, schräg aus dem Badezimmerfenster einer Bekannten auf einen zusammengeklappten Sonnenschirm in einem Nachbargarten und der zusammengeklappte Sonnenschirm im Nachbargarten erinnerte sie an die Figur des Darth Vader aus Krieg der Sterne. Die Nachbarn kamen aus Portugal und luden zuweilen die Bekannte der Frau, die keine Sängerin geworden war, und ein paar Mal auch die Frau, die keine Sängerin geworden war, zum Essen ein. Das schon erwähnte Stück Fisch hatte die Frau, die keine Sängerin geworden war, unter dem ausgebreiteten Darth Vader betrachtet, für eine Viertelsekunde nur, dann war der Fisch mit seinem sanften Geschmack im roten Mund der Frau, die keine Sängerin geworden war, verschwunden.

IV

Die junge Frau, die noch keine Sängerin geworden war, sang eine Zeit lang oft Tonleitern rauf und runter, immer um eine halben Ton versetzt. Wenn es heiß war wie in einem südlichen Land, sang sie bei offenem Fenster und man hörte es auf der Straße.

V

Als junges Mädchen ging die Frau, die keine Sängerin geworden war, in die Tanzschule. Ein einziges Mal tanzte sie mit Fred, einem Metzgerssohn. Er sagte ihr, er heiße Fred. Das passe zu ihm, sagte sie, aber nicht zu ihr. Sie nannte ihn Alfredo und erklärte ihm, er käme aus einem südlichen Land und sei der Sohn eines Rennfahrers. Fred grinste. Er hieß gern Alfredo, kam gern aus einem südlichen Land und war vor allem gern der Sohn eines Rennfahrers. Am Ende der Tanzstunde fragte das Mädchen, aus dem später die Frau wurde, die keine Sängerin geworden war, ihn keck, ob er sie mit seiner Vespa nach Hause fahren könne. Da erglühte er und sie lachte, drehte sich um und ließ ihn stehen.

Fred hieß Fred und hatte keine Vespa. Aber es war klar, dass er, wenn er dieses Mädchen küssen wollte, sie nach der nächsten Tanzstunde mit einer Vespa nach Hause bringen musste. Nein, nicht nach Hause. Das war es ja gerade. Mit einer Vespa würde er sie überall hinfahren können. Und überall hin küssen. Aber seine Vespa musste es sein. Eine geliehene, das ging nicht. Die von Hans zum Beispiel, dem Freund seines Bruders. Das würde bedeuten, dass sie eigentlich diesen Hans küssen würde, weil dem die Vespa gehörte. Das behauptete Fred. Da er sich also keine Vespa leihen durfte, sich aber auch keine kaufen konnte, Geld hatte er keins, blieb ihm nichts anderes übrig, als sich eine Vespa zu klauen.

Fred ahnte nicht, wie brillant diese Schlussfolgerung war. Denn in Wahrheit wollte das Mädchen, das später die Frau wurde, die keine Sängerin geworden war, wenn überhaupt nur mit einer geklauten Vespa nach Hause gebracht werden. Von wem auch immer. Das jedenfalls sagte sie zu ihrer besten Freundin, als sie wieder einmal Hand in Hand durch den Stadtpark spazierten und über Jungs sprachen. Mit einer geklauten Vespa würde sogar aus diesem Fred noch ein Alfredo, sagte sie und lachte. Insofern war Fred also nah dran.

Tatsächlich klaute er eine Vespa. Niemand weiß, wie er das angestellt hat. Jedenfalls klaute er sie und konnte nicht damit fahren. Auf dem Weg zur Angebeteten flog er mit dem Ding in einen Straßengraben. Das war schlimm. Nicht wegen des Ärgers, den er von allen möglichen Seiten bekam, schon gar nicht wegen der Prellungen und Schürfwunden am ganzen Körper. Sein Kummer war viel fürchterlicher und rührte aus einer ebenso einfachen wie unerbittlichen Erkenntnis: Das wäre Alfredo nicht passiert. Die Frau, die keine Sängerin geworden war, hatte nie mehr von Fred oder Alfredo gesprochen und es ist zu vermuten, dass Fred und Alfredo in ihrem Leben kaum eine größere Rolle gespielt haben als ein Stück Fisch auf einer Gabel.

VI

An einem Frühlingstag kurz vor ihrem 20. Geburtstag hatte die Frau, die keine Sängerin werden würde, die Beine übereinandergeschlagen. Ein gutes Jahr später war sie mit neuem Führerschein in ein rotes Auto gestiegen und kurz darauf um eine Kurve gefahren. In einer italienischen Stadt hatte sie einen Kaffee umgerührt, den sie sich übrigens nicht selbst eingegossen hatte. Der Kopf des Kellners, der ihr den Kaffee eingegossen hatte, war vermutlich voll mit italienischen Wörtern, was bei italienischen Kellnern eine Selbstverständlichkeit ist. Die Frau, die keine Sängerin wurde, verstand kein Italienisch. Als sie in dem Kaffee rührte, summte sie leise vor sich hin, weshalb der Kellner ihr einen Blick zuwarf und vermutlich irgendetwas Italienisches dabei dachte.

Der italienische Kellner, der, um das klarzustellen, Roberto und nicht etwa Alfredo hieß, tauchte nur bei dieser einen Gelegenheit im Leben der Frau, die keine Sängerin geworden war, auf. Ein Kurzauftritt. Kaum mehr als eine Statistenrolle im Leben der Frau, die keine Sängerin geworden war. Sie hat nie von ihm gesprochen. Er übrigens auch nicht von ihr.

Es wäre vielleicht mal ein interessantes Unterfangen, das Leben der Frau, die keine Sängerin geworden war, mit Blick auf die unzähligen Statistenrollen, die sie ihrerseits im Leben anderer Leute gespielt hat, zu erzählen. Vor allem aber wäre es ein langwieriges Unterfangen. Also beginnen wir erst gar nicht damit. Die Frau, die keine Sängerin werden würde, ging einmal an einem Straßencafé vorüber und ein Jüngling, der dort saß, sagte zu einem Freund, sieh diese Frau. Ich sollte ihr nachgehen und ihr einen Heiratsantrag machen oder ein Gedicht über sie schreiben. Seit wann schreibst du Gedichte? fragte der Freund. Einen Moment später war die Frau, die keine Sängerin wurde, nicht mehr zu sehen.

Die Frau, die keine Sängerin geworden war, fuhr eine Rolltreppe hinauf aus einem U-Bahnhof heraus und lächelte kaum sichtbar. Sie trug eine weiße Tüte in der Hand. Sie lehnte den Kopf zurück und der Rand eines Waschbeckens drückte gegen ihren Nacken. Sie schaute auf einen blauen Regenschirm, als in den Radionachrichten von einem Mann gesprochen wurde, der auf einem Balkon gestanden hatte. Den Schirm hatte ihr Gesangslehrer ihr einmal mitgegeben, weil es regnete, und sie war danach nie mehr zum Gesangsunterricht gegangen. Sie war auch nie in Australien gewesen. Sie hatte nie um 4.26 Uhr morgens auf eine Uhr gesehen und nie hatte ein Tscheche hinter ihr hergepfiffen. Sie hatte sich in einem weißen Sommerkleid gegen ein Cabriolet gelehnt und vielleicht die Wärme des Blechs an ihrem Hintern gespürt. Sie hatte sich in einem Krankenwagen liegend an die Stirn gefasst. Nie hatte sie eine fallende Wimper gefangen oder in einem Konzertsaal ihre eigenen Fersen berührt. Sie hatte während eines Silvesterfeuerwerks still auf eine Rasenkante geschaut, sie hatte auf einer Fotografie lachend zur Seite gesehen. Einmal war sie vor dem Geräusch von Schüssen, das aus einem Fernseher heraus durch ein Fenster drang, in einen Hauseingang geflüchtet. Auf einer Party hatte sie sich unbemerkt in einem Klavier gespiegelt. Umgeben von Fliederduft war sie mit Anfang 30 auf einem Gehweg stehen geblieben. Sie hatte in einem Café hinter einer Zeitung geweint und sich im Unterholz vor ihren Freunden versteckt. Nie hatte sie sich aus einem orangefarbenen Ledersessel erhoben.

Das waren alles Dinge, die die Frau, die keine Sängerin geworden war, in ihrem Leben gemacht oder nicht gemacht hatte oder die auf irgendeine Weise in ihrem Leben geschehen oder nicht geschehen waren.

Allegro

I

Die Frau, die keine Sängerin geworden war, war noch keine 22, als sie mit Modergeruch in der Nase »puh!« rief und lachte. Der Geruch entströmte einer englischen Perücke, die sie sich unvorsichtigerweise gegen die Nase gehalten hatte. Ihre beste Freundin Betty tanzte derweil übermütig einen Gang entlang, der von hunderten an Garderobenstangen hängenden Kostümen gebildet wurde. Betty trug ein blaues, barockes Kleid, eine blondgelockte Perücke und einen Zylinder. Dazu überkniehohe Lederstiefel. Am Ende des Ganges knickte sie um und riss im Fallen die Garderobe mit sich. Die Frau, die noch keine Sängerin geworden war, lief zu ihrer Freundin und grub sie aus einem Berg von Kostümen aus, bis Betty in ihrer grotesken Verkleidung auf dem Fundusboden des örtlichen Stadttheaters vor ihr lag. Die Frau, die keine Sängerin werden würde, schaute ihrer atemlos lachenden Freundin einen Moment lang auf die korsetthohen Brüste, dann kniete sie nieder, beugte sich vor und vergrub ihr Gesicht in Bettys Ausschnitt. Betty hörte auf zu lachen. Sie schloss die Augen und ließ es geschehen.

Betty war Schauspielerin und die Frau, die keine Sängerin werden würde, arbeitete als Statistin am Theater. Zuweilen durfte sie ein paar Sätze sprechen und die

Frau, die keine Sängerin werden würde, sagte zu Betty, ich spüre nicht, was ich sage, noch weniger als in Wirklichkeit, und Betty antwortete, dein Mund ist eben zum Küssen da. Seit einem halben Jahr waren sie unzertrennlich. Jeden Tag saßen sie zusammen in irgendeinem Café. Sie aßen Kuchen und nannten sich die zwei alten Tanten. Sie gingen ins Kino und ins Schwimmbad, sie saßen auf einer Decke im Stadtpark. Sie lasen einander Romane vor. Aus irgendeinem Grund erzählten sie sich nichts über sich selbst. Auch nicht, nachdem im Fundus des Theaters ihre Leidenschaft außer Rand und Band geraten war.

An einem dieser ekstatischen Tage verschwand Betty. Die Frau, die keine Sängerin wurde, erhielt nach zehn Tagen einen Brief, in dem Betty schrieb, dass diese Leidenschaft ihr Angst gemacht, dass sie Panik bekommen hätte, darin zu ertrinken, und zugleich Horror vor dem Moment, da der Rausch unweigerlich beginnen würde, sich zu verflüchtigen. Sie würde sie immer lieben, und ihre Trennung zerrisse ihr das Herz. Sie hätte aber einsehen müssen, nur die Wahl zu haben, mit einem zerrissenen Herzen weiter zu leben oder in dieser Liebe unterzugehen. Die Frau, die noch keine Sängerin geworden war und es auch nicht werden würde, schrie und weinte und wollte sterben. Sie drückte sich gewaltsam die Handballen gegen die Ohrmuscheln, als sei ihr innerer Klang zu einem orchestralen Kreischen geworden, als müsse sie sich die Ohren zuhalten, damit der Lärm nicht nach Außen dränge. Obwohl ihr wahrscheinlich klar war, dass gerade dieses Ende dazu geeignet war, ihre Liebe unsterblich zu machen.

II

Betty war einem Regisseur in eine nördlichere Stadt nachgereist, und hatte so auf anmutige Weise verschiedene Aspekte ihrer Lebensgestaltung miteinander verbunden. Sie hatte hinter dem Rücken der Frau, die keine Sängerin wurde, den besagten Regisseur mit einfachen aber wirkungsvollen Mitteln erobert, wissend, dass er die Frau, nach der er verrückt war, unweigerlich für eine hochbegabte Schauspielerin halten würde. Folgerichtig bot er ihr eine Hauptrolle in seiner neuen Inszenierung an, die ihn in die erwähnte nördlichere Stadt führen würde. Betty war froh über die Rolle, aber ebenso sehr darüber, dass sie nun einen Vorwand hatte, die Frau, die keine Sängerin werden würde, verlassen zu können, da diese ihr, Betty, mit ihrer Leidenschaft langsam auf den Wecker ging.

Eine Woche lang überlegte Betty, wie die Frau, die noch keine Sängerin geworden war, sich wohl fühlen mochte. Dann schrieb sie den erwähnten Brief, in dem sie mit geradezu mathematischer Präzision die Wörter so zueinander stellte, dass ihr trotz der Trennung die Liebe der Frau, die keine Sängerin wurde, erhalten bleiben musste. Sie hätte es nicht ertragen, hätte die Frau, die keine Sängerin werden sollte, ihr, Betty, zornentbrannt die Liebe entzogen. Betty wollte, dass die Frau, die keine Sängerin werden würde, sie weiter liebte, verzweifelt und sehnsuchtsvoll.

Unglücklicherweise wurde Betty nach einiger Zeit auch der Liebe des Regisseurs überdrüssig. Nach längerer Zeit, wie wir zugeben müssen, denn Betty sah durchaus, dass der Regisseur ihre Karriere als Schauspielerin nach Kräften förderte. Sie bekam in allen seinen Inszenierungen eine Hauptrolle. Aber irgendwann konnte sie ihn einfach nicht mehr ertragen. Sie gestand ihm alles. Dass sie ihn nie geliebt sondern nur seine elende Selbstverliebtheit ausgenutzt habe, dass er ein lausiger Regisseur sei und seine hochgelobten Inszenierungen ein Scheißdreck, wenn er sie nicht hätte usw. usf.. Damit hatte Betty, auch wenn sie selbst nicht glaubte, was sie sagte, nicht einmal so unrecht. Allerdings setzte sich bei Publikum und Kritik – ungerecht wie diese nun einmal sind - hartnäckig die umgekehrte Überzeugung fest, dass nämlich Bettys schauspielerische Kunst allein durch den Regisseur entstehe. Er mache sie, er spiele durch sie. Ohne ihn wäre sie nur ein hübsch anzusehendes Fräulein. Schlimmer noch: Ohne ihn wäre sie vermutlich gar keine Schauspielerin.

Einen entsprechenden Zeitungsartikel ihr vor die Nase haltend, lachte der Regisseur Betty aus. Es kam zu einem Streit von berauschender Eigendynamik, in dem Betty und ihr Regisseur sich zu Worten hinreißen ließen, auf die sie in ihren finstersten Phantasien nicht gekommen wären. Der Streit endete, wie er es gelegentlich unter Paaren tut, die sich nicht lieben. Betty wurde schwanger und als der Regisseur sie einige Wochen später fragte, ob sie seine Frau werden wolle, sagte sie »ja«.

Die Frau, die keine Sängerin geworden war, hörte von all dem nichts und nie hat ihr irgendjemand etwas davon erzählt. Sie ging in dieser Zeit zuweilen zum Friseur oder sie schritt über einen Bordstein hinweg, während sich unsichtbar kleine Fältchen neben ihren Augen vertieften. Sie machte eine Ausbildung zur OP-Schwester und saß abends allein in einer Kellerkneipe und rauchte und trank und schaute und lachte selten. Der Barkeeper sagte einmal zur Kellnerin, er glaube, die sitze da und warte, dass jemand hereinkäme und ihrem Leben eine neue Wendung gäbe. Das war so dahingesagt, aber tatsächlich kam einige Wochen später ein Mann zur Tür herein und brachte die Frau, die keine Sängerin geworden war, so schien es, auf andere Gedanken. Sie fuhren gemeinsam in ein südliches Land und heirateten drei Monate später.

Einige Zeit nachdem das Kind auf die Welt gekommen war, begann Betty ihren Mann zu schlagen. Sie ohrfeigte ihn. Ohne Ankündigung, ohne Streit. Sie ging auf ihn zu, stellte sich vor ihn und verpasste ihm eine. Dann reichte ihr das nicht mehr. Sie schlug nun mit Fäusten auf ihn ein. Er stieß sie weg, aber sie schlug weiter um sich. Seltsamerweise hörte sie auf, als sie selbst eine Ohrfeige bekam. Aber das war nur die Ruhe vor dem Sturm. Um nicht in seine unmittelbare Reichweite zu geraten, ging Betty dazu über, ihren Mann mit allen möglichen Dingen zu bewerfen. Teller, Tassen, Gabeln, Pumps, Fernbedienungen, einmal sogar mit der Kaffeemaschine. Sie schrien beide dabei aus Leibeskräften und das Kind schrie mit in seinem Bettchen. Endlich rannten sie auseinander, sie stürzte sich heulend in ihre Kissen und er zum Kind, oder sie zum Kind und er schimpfend zur Tür hinaus. Am Ende vom Lied stand sie mit erhobenem Fleischmesser vor ihm und er floh ins Badezimmer. Zwei Tage später stellten die Ärzte bei ihr einen auf seine Weise zwar gutartigen aber inoperablen Gehirntumor fest.

III

Einige Wochen später klingelte bei der Frau, die keine Sängerin geworden war, das Telefon. Ein Mann war dran. Er sagte, er sei Bettys Mann. Es entstand eine Pause.

Schließlich fragte die Frau, die keine Sängerin geworden war, was er wolle. Der Regisseur sagte, Betty liege im Krankenhaus und es stehe sehr schlecht um sie. Die Frau, die keine Sängerin geworden war, fragte nur »wo?«, dann packte sie ein paar Sachen zusammen und ging durch die Wohnungstür.

Betty lag in ihrem Krankenbett und sah tot aus. Die Frau, die keine Sängerin geworden war, ließ ihre Tasche fallen, hastete zum Bett und legte ihr Ohr auf jene Stelle von Bettys Brust, an der der Herzschlag, wenn es ihn noch gab, zu hören sein musste. Bettys Herz schlug noch. Sie atmete. Die Frau, die keine Sängerin geworden war, begann zu weinen, ob aus Freude über das schlagende Herz oder aus Kummer über die Todgeweihte, ist schwer zu sagen. Jedenfalls vergrub sie ihr Gesicht zwischen Bettys flach atmenden Brüsten und weinte bitterlich.

Betty hatte geschlafen. Jetzt sah sie einen Kopf auf ihren Brüsten, das heißt, sie sah nur Haare, aber spürte Gewicht und Härte eines Kopfes. Sie nahm alle Kräfte zusammen und bewegte die Arme, um den Kopf von ihrer Brust zu schieben. Sofort schaute die Frau, die keine Sängerin geworden war, auf und blickte in Bettys verständnislose Augen. Die Frau, die keine Sängerin geworden war, verzog die Lippen und sagte »Betty.« An Bettys Gesichtsausdruck änderte sich nichts. Sie entgegnete nur: »Wer sind Sie? Geht es Ihnen nicht gut?«

Dann war plötzlich die Stimme eines Mannes zu hören, die sagte: »Verzeihung, haben wir heute Mittag telefoniert?« Das hätte er besser nicht gemacht. Weder um diese Verzeihung zu bitten, noch einige Stunden zuvor und doch viel zu spät bei der Frau, die keine Sängerin geworden war, anzurufen. Die Frau, die keine Sängerin geworden war, zuckte zusammen, schaute sich um nach dem Mann, erhob sich, ging auf ihn zu, der ihr die Hand entgegenstreckte, und trat ihm mit ihren spitzen Schuhen in den Schritt. Dann brach sie in lautes Schluchzen aus und lief den teilnahmslosen Krankenhausflur entlang auf die Straße hinaus und davon.

Es geschieht zuweilen, dass Frauen Männern mit spitzen Schuhen in den Schritt treten. Nicht sehr oft aber gelegentlich eben doch und es ist eine der vielen seltsamen Marotten der Menschen, bei Gewaltausbrüchen ständig nach dem Warum zu fragen, bei Anwandlungen von Zärtlichkeit hingegen nicht, es sei denn, wir trauen der Zärtlichkeit nicht. Gewalt trauen wir immer und trotzdem fragen wir, warum. Wenn wir uns in diesem konkreten Fall ernsthaft mit der Frage nach dem Warum beschäftigen, werden wir feststellen, dass an dem Tritt in den Schritt, abgesehen vom lächerlichen Reim, nichts Erstaunliches war. Erstaunlich war höchstens, dass die Frau, die keine Sängerin geworden war, nur einmal zugetreten hatte, denn erstens war der Mann im Krankenzimmer der Regisseur und damit der Mann, dessentwegen Betty die Frau, die keine Sängerin geworden war, verlassen hatte. Zweitens dürfte die Frau, die keine Sängerin geworden war, aufgewühlt gewesen sein, weil Betty sie nicht mehr erkannt hatte und weil sie vermutlich genau in dem Moment, da der Regisseur sie ansprach, begriffen hatte, dass sie Betty für immer verloren hatte. Drittens hatte der Regisseur die Frau, die keine Sängerin geworden war, ganz bewusst erst so spät angerufen. Er hatte es so inszeniert, dass die Frau, die keine Sängerin geworden war, erst wieder in Bettys Leben zurückkehrte, als diese ihre Freundin nicht mehr erkannte. Das hätte rein rechnerisch für drei Tritte gereicht, aber das Leben ist nicht so mathematisch und so beließ es die Frau, die keine Sängerin geworden war, bei einem einzigen, wenn auch kräftigen, Tritt. Die Krümmungen des Regisseurs und seine mit diesen Krümmungen einhergehenden Laute, veranlassten Betty, nach der Schwester zu rufen und diese zu bitten, den seltsamen Eindringling aus ihrem Zimmer zu entfernen.

IV

Die Frau, die keine Sängerin geworden war, kehrte nach Hause zurück, schaute auf ihren Mann und erzählte ihm die ganze Geschichte mit Betty, aber eher so, als spräche sie zu sich selbst. Ihr Mann verstand kein Wort. So oft sie auch ansetzte, wiederholte und auf seine Nachfragen einging. Aber er war ein empfindsamer und liebender Mann. Er stand auf, nahm seine Frau, die keine Sängerin geworden war, zärtlich in die Arme und schuf so zum Ende dieses tragischen Kapitels doch ein tröstliches Bild, dessen Tröstlichkeit indes wie alle Tröstlichkeit davon zehrte, dass niemand ahnte, was noch geschehen würde.

Scherzo

I

Der Mann der Frau, die keine Sängerin geworden war, wusste nicht, dass die Frau, die keine Sängerin geworden war, keine Sängerin geworden war. Natürlich wusste er, dass sie keine Sängerin geworden war. Aber sie hatte es ihm nie erzählt. Er wusste es, so wie er wusste, dass sie keine Rennfahrerin oder Friseurin geworden war. Aber er wusste nicht, dass keine Sängerin geworden zu sein, für die Frau, die keine Sängerin geworden war, möglicherweise etwas anderes bedeutete, als keine Friseurin oder Rennfahrerin geworden zu sein. Oft sah er, wie sie an einem Fenster stand und er genoss den Anblick ihrer Silhouette. Es erinnerte ihn an einen Moment in einem südlicheren Land. Die Frau, die keine Sängerin geworden war, stand vor einem Fenster, drehte sich zu ihm, der auf einem Bett lag, und sagte leise: es wird kühl. Er war sich sicher, dass sie ein Geheimnis in sich trug, ein Geheimnis ihrer Herkunft, und dass sie im letzten Moment seines Lebens ihm Zugang zu diesem geheimnisvollen Land gewähren und ihn damit erlösen würde. Sie war eine Gesandte des Jenseits, das für ihn übrigens nicht unbedingt das Totenreich sein musste. Es war das Jenseits von ihm. Sie war die vollendete Verkörperung dessen, was er nicht war, dessen, von dem er abgeschnitten war, ausgeschlossen, abgegrenzt in seinem nicht einsehbaren Schädel. Sie war der Engel seines Nicht-Ichs.

Verzeihung, ich versuche hier nur zusammenzufassen, was er zuweilen über die Frau, die keine Sängerin geworden war, sagte. Liebe hatte für ihn jedenfalls eine entschieden metaphysische Seite und die Frau, die keine Sängerin geworden war, nannte ihn darum manchmal »mein Dichter«, obwohl er noch nie eine Zeile geschrieben hatte und auch nicht die Absicht hatte, das zu tun. Außerdem hatte die Liebe für ihn auch eine ganz entschieden physische Seite, denn natürlich war das Gewährenlassen seines Eindringens gewissermaßen der irdische Stellvertreter jenes Zuganggewährens, durch das dereinst die Frau, die keine Sängerin geworden war, ihn für immer in sich aufnehmen würde. Die Frau, die keine Sängerin geworden war, drehte am Schalter des Gasherdes und lachte über diese Romantik, und sie lachte so zauberhaft, dass ihr Lachen ihn in seiner Schwärmerei noch bestärkte.

II

Die Frau, die keine Sängerin geworden war, und ihr Mann kannten ein anderes Ehepaar, einen Neurobiologen und dessen Frau. Diese Frau war eine Kollegin der Frau, die keine Sängerin sondern OP-Schwester geworden war, und eines Tages hatte sie gesagt, kommt doch mal zum Essen zu uns, mögt ihr Paella? Der Abend verlief zunächst so, wie solche Abende eben verlaufen, und wie sie der Mann der Frau, die keine Sängerin geworden war, unerträglich fand. Man sprach über bevorstehende Reifenwechsel und Hortensien, über Vorschulpflicht und Österreich. Die Frau, die keine Sängerin geworden war, legte lachend eine Hand auf den Arm ihres Mannes und sagte »sei nicht so still, das ist unhöflich«. Und dann schaute sie ihn an und sagte neckisch: »du sprichst lieber über andere Dinge, nicht wahr? Über die Liebe zum Beispiel.«

Auf dieses Stichwort hin fühlte der Neurobiologe sich originell und setzte zu einem Monolog an. Die Liebe sei, wie die Religion, nichts als Opium für das Volk, lautete sein erster Satz. Das lasse sich sogar chemisch nachweisen. Er hatte instinktiv erfasst, was der Mann der Frau, die keine Sängerin geworden war, ungefähr über die Liebe dachte. Er war ihm schon beim Händedruck wie ein unverbesserlicher Kindskopf vorgekommen und Kindsköpfe mochte er nicht, jedenfalls nicht, wenn sie sich auf den Hälsen von Erwachsenen befanden. Er freute sich über die unverhoffte Gelegenheit, den Mann der Frau, die keine Sängerin geworden war, mit der Präzision wissenschaftlicher Argumentation vor den beiden Frauen lächerlich zu machen. In seiner Überheblichkeit wandte er sich mit seiner Rede vor allem an die Frau, die keine Sängerin geworden war. Den Kindskopf würdigte er keines Blickes und die entgleisenden Gesichtszüge seiner Frau, die neben ihm saß, nahm er nicht wahr. Sie kannte solche Anwandlungen bei ihrem Mann und hasste ihn dafür.

Der Mann der Frau, die keine Sängerin geworden war, aber geriet in Panik. Er geriet wirklich in Panik. Er spürte sehr genau, dass er dem materialistischen Redeschwall seines Gegenübers nichts entgegenzusetzen hatte, das nicht albern und naiv geklungen hätte. Also musste er die Liebe anders als mit Worten verteidigen. Nach vier Minuten und 33 Sekunden neurobiologischen Monologs sprang der Mann der Frau, die keine Sängerin geworden war, auf und dem Neurobiologen an die Gurgel. Dessen Stuhl kippte und beide Männer landeten rangelnd auf dem Boden. Die Frau, die keine Sängerin geworden war, lachte glockenhell, die Frau des Neurobiologen schrie auf und verschwand hinter dem Tisch, wo sie vergeblich versuchte, ihren Mann aus den mörderisch würgenden Händen zu befreien. Dem Neurobiologen seinerseits wurde klar, dass, wenn nicht bald etwas geschähe, es einen Toten geben würde, und der Tote wäre er selbst. Da griff er nach einer zufällig auf dem Boden liegenden Eisenstange und schlug dem Mann der Frau, die keine Sängerin geworden war, den Schädel ein.

III

Es musste schnell gehen und es ging schnell. Der Mann der Frau, die keine Sängerin geworden war, wurde ins Krankenhaus geschafft und operiert und gerettet. Die Frau, die keine Sängerin aber OP-Schwester geworden war, bestand darauf, bei der Operation zu assistieren. Und so kam es, dass die Frau, die keine Sängerin geworden war, bei der Reparatur des gebrochenen Schädels ihres Mannes das tun konnte, was ihr Mann sich ebenso heimlich wie sehnlich wünschte: sie konnte in das Innere seines Kopfes blicken.

IV

Der Schlag auf den Kopf des Mannes der Frau, die keine Sängerin geworden war, hatte trotz lebensrettender

Operation fatale Folgen. Kaum aus der Narkose erwacht, hielt er sich nun tatsächlich für einen Dichter und er begann auch zu schreiben. Wie besessen verfasste er Zeile um Zeile und jeden Abend bestand er darauf, die neuen Verse seiner Frau vorzutragen. Aber die Frau, die keine Sängerin geworden war, schien kein Wort zu verstehen von dem, was er da las. Verzweifelt sandte der Mann seine Werke an Verlage und Zeitschriften, doch von nirgendwoher erhielt er Antwort. Der Mann der Frau, die keine Sängerin geworden war, wurde schwermütig, verworren und sonderbar und begnügte sich fortan damit, seine Gedichte sich selbst vorzulesen, tief in der Nacht vor einem Spiegel. Nach einiger Zeit gelang es der Frau, die keine Sängerin geworden war, dennoch ruhig zu schlafen.

Doch eines Morgens war der Spiegel zerbrochen und der Mann verschwunden. Ob die Frau, die keine Sängerin geworden war, beim Anblick des zerbrochenen Spiegels dachte, ihr Mann sei durch den Spiegel getreten und in der Spiegelwelt verschwunden, wissen wir nicht. Tatsache war, der Mann der Frau, die keine Sängerin geworden war, war verschwunden und er blieb verschwunden. Nirgends gab es auch nur eine Spur von ihm. Bis eines Tages ausgerechnet die Frau des Neurobiologen bei der Frau, die keine Sängerin geworden war, anrief und aufgeregt berichtete, sie habe den Mann der Frau, die keine Sängerin geworden war, gesehen. In Paris im Sonnenschein auf einem Stuhl. Auf dem habe er gesessen und vor sich hin geredet. Mitten im Jardin du Luxembourg. Nein, sie habe nicht gewagt, ihn anzusprechen. Das war das erste Mal seit dem gemeinsamen Abendessen, dass die Frau des Neurobiologen und die Frau, die keine Sängerin geworden war, überhaupt wieder ein privates Wort miteinander wechselten. Die Frau, die keine Sängerin geworden war, sagte danke, packte ein paar Sachen zusammen und ging durch die Wohnungstür.

Er saß da, wie man es ihr gesagt hatte. Mitten im Jardin du Luxembourg, von Abendsonne beschienen. Aber er redete nicht vor sich hin. Er las. Er saß auf einem schmuddeligen, orangefarbenen Klappstuhl und las laut aus seinen Werken. Und er war nicht allein. Ihm gegenüber stand eine gewaltige Menschentraube und hörte ihm andächtig zu, obwohl vermutlich niemand die ausländischen Worte verstand. Die Frau, die keine Sängerin geworden war, stand mit Gänsehaut von der kühlen Frühlingsluft auf den Armen in der ersten Reihe, wohl wartend, dass er sie entdecke. Aber er sah sie nicht. Ihm fiel die Frau auf, die offenbar als einzige ihn nur anstarrte, frierend, und ihm nicht wirklich zuhörte, aber er erkannte in dieser Frau nicht den Engel wieder, der doch unablässig zu ihm sprach und ihm seine Verse diktierte. Schließlich drehte sich die Frau, die keine Sängerin geworden war, um, bahnte sich, offensichtlich um Fassung ringend, einen Weg durch die Zuhörer und flüchtete in Richtung Montparnasse.

Der Mann der Frau, die keine Sängerin geworden war, aber genoss kurz darauf den begeisterten Applaus seines Publikums. Er hatte bereits eine gewisse Berühmtheit erlangt. Menschen kamen in den luxemburgischen Garten, nur um ihn zu sehen und zu hören. Und lange dauerte es nicht, da hatte er als »Der fremdsprachige Dichter«, dessen Sprache niemand verstand, in der Kunstwelt dieser wunderschönen Stadt seinen festen Platz gefunden.

Finale

I

Alle vier Wochen ging die Frau, die keine Sängerin geworden war, zu ihrer Friseurin. Seit Jahren machte sie das und seit Jahren plauderte sie mit der Friseurin über die Dinge des Lebens. Einmal sagte die Frau, die keine Sängerin geworden war, zu ihrer Friseurin: »Ich glaube, Sie wissen inzwischen mehr von mir als mein Mann.« »Ach wissen Sie, das bringt der Beruf so mit sich. Was meinen Sie, wie vielen meiner Kundinnen ich schon meine Lebensgeschichte erzählt habe. Ich muss allerdings zugeben, dass es nicht immer die gleiche Lebensgeschichte ist.« Die Frau, die keine Sängerin geworden war, lachte. »Wie viele Lebensgeschichten haben Sie?« »Oh, das hab ich nicht gezählt. Aber wahrscheinlich sind es nur drei oder vier, ich variiere sie nur immer. Habe ich Ihnen schon erzählt, dass mein Mann Rennfahrer ist?« »Ist er das?« »Nein, natürlich nicht.«

»Wissen Sie«, sagte nun die Frau, die keine Sängerin geworden war, »ich wäre beinah Sängerin geworden.« »Sängerin? So richtig mit Band und sexy Klamotten und voll mit Drogen?« »Nein, richtige Sängerin, Opernsängerin.« Da hörte die Friseurin für einen Moment auf, der Frau, die keine Sängerin geworden war, die Haare zu kämmen. »Opernsängerin?« »Ja. Waren Sie mal in der Oper?« »Lieber Gott nein! Das ist nichts für mich. Mir reicht schon der verrückte Kerl, der bei mir im Haus gegenüber wohnt. Ständig macht er das Fenster auf und schmettert irgendwelche Arien in den Hof hinunter. Hätte ich ein Gewehr, würde ich ihn erschießen. Aber manchmal besucht mich meine Mutter und sie sagt immer, Kind, was willst du, er singt doch gar nicht schlecht.« »Sehen Sie, Ihre Mutter hat Kunstverstand.« »Meine Mutter hat so gut wie gar keinen Verstand mehr. Aber sie backt noch immer den besten Apfelkuchen der Welt und so sitzen wir auf meinem kleinen Balkon, essen Apfelkuchen und lauschen diesen fürchterlichen Gesängen des Herrn von Gegenüber. Wollten Sie wirklich mal Sängerin werden?« »Ja.« »Und warum sind Sie es nicht geworden?«

Einige Wochen nach dieser Unterhaltung verschwand der Mann der Frau, die keine Sängerin geworden war, und die Frau, die keine Sängerin geworden war, wurde schweigsam. Sie schien der Friseurin auf einmal die kummervollste all ihrer Kundinnen zu sein. Die Frau, die keine Sängerin geworden war, starrte nur noch blass und stumm in den Spiegel. Die Friseurin hatte es längst aufgegeben, ein Gespräch zu beginnen. Sie fragte sich allenfalls, was die Frau, die keine Sängerin geworden war, wohl über sich dachte, wenn sie sich selbst so im Spiegel sah. Einmal noch fragte die Frau, die keine Sängerin geworden war, etwas: ob die Friseurin einen Gasherd habe? Nein, das habe sie nicht. Sie koche elektrisch.

Doch dann war die Frau, die keine Sängerin geworden war, eines Tages schon nach zwei Wochen wiedergekommen und hatte dabei eine nie dagewesene Heiterkeit verströmt. Als die Friseurin sie fragte, ob das Wasser so angenehm sei, lachte die Frau, die keine Sängerin geworden war, und rief: »Was Sie mich da fragen! Jedesmal fragen Sie mich und noch nie habe ich nein gesagt!« Da lachten beide und die Friseurin fragte die Frau, die keine Sängerin geworden war, wie es komme, dass sie so fröhlich sei, aber die Frau, die keine Sängerin geworden war, lachte nur aufs Neue und sagte »nein, nein, das verrate ich Ihnen nicht, aber heute müssen Sie mich besonders schön machen!« Die Friseurin ließ sich ganz und gar von der Stimmung der Frau, die keine Sängerin geworden war, anstecken, so sehr freute sie sich über deren Heiterkeit. Und als die Frau, die keine Sängerin geworden war, sie fragte, wie sie eigentlich Friseurin geworden sei, entgegnete sie albern, das habe sich so ergeben, aber eigentlich gäbe es natürlich einen entscheidenden Grund, weshalb sie überhaupt nur Friseurin habe werden können. Und der sei? Sie habe eines Tages festgestellt, dass sie in ihrem Leben so gut wie nicht vorkäme. Alle Welt war um sie herum, nur sie selbst nicht. Das sei immer nur auf Fotos anders gewesen, vorausgesetzt, sie habe nicht selbst fotografiert, und in Spiegeln. Wenn man in den Spiegel schaue, sei alle Welt da und man selbst auch. Also habe sie einen Beruf ergriffen, der vor allem im Spiegel stattfinde, sagte die Friseurin und schaute dabei im Spiegel die Frau an, die keine Sängerin geworden war. Diese stutzte einen Moment und sagte dann: »Sie haben absolut recht. War mir noch nie aufgefallen.« Und wieder lachten beide. Kurz: es war eine sehr fröhliche Sitzung und als die Friseurin der Frau, die keine Sängerin geworden war, das auf ein sehr hohes Trinkgeld abgezählte Wechselgeld herausgab, hatte die Friseurin gesagt: »Ich weiß, warum Sie so fröhlich sind. Sie haben heute noch ein Rendezvous!«

II

Wenig später hatte die Frau, die keine Sängerin geworden war, aufrecht in einem vornehmen Schuhgeschäft gestanden und auf den Kopf einer blondierten Schuhverkäuferin herabgeschaut. Diese hatte vor der Frau, die keine Sängerin geworden war, gehockt und mit ihren Händen beinah zärtlich die linke Wade der Frau, die keine Sängerin geworden war, hinab gestrichen, und den dunkelblau glänzenden, hochhackigen Schuh umtastet, den die Frau, die keine Sängerin geworden war, soeben angezogen hatte. Aus dem Scheitel der blondierten Schuhverkäuferin waren die Haare dunkel nachgewachsen und die Frau, die keine Sängerin geworden war, hatte die Augen geschlossen.

Die Schuhverkäuferin behandelte durchaus nicht alle Waden mit dieser Aufmerksamkeit, doch schien ihr von dieser Kundin eine so starke Erregung auszugehen, dass sie nicht anders konnte, als ihre Waden zu liebkosen, wobei sie sich um den Anschein bemühte, die Berührung gehöre zu ihrer beruflichen Pflicht, den Sitz der Schuhe zu prüfen. Schließlich zog die Frau, die keine Sängerin geworden war, ihre Füße unter der Schuhverkäuferin weg und trat auf einen Spiegel zu. Als sie sich zur Schuhverkäuferin umdrehte, kauerte diese noch immer an derselben Stelle und schaute zur Frau, die keine Sängerin geworden war. Die Frau, die keine

Sängerin geworden war, sagte: »Wissen Sie, es ist heute wahrscheinlich mein letztes Rendezvous. Es darf einfach nichts schiefgehen.«

Die blondierte Schuhverkäuferin begriff sofort, in welcher Situation die Frau, die keine Sängerin geworden war, sich befand. Jedenfalls glaubte sie das. Und plötzlich war sie froh über ihre zwei halbwüchsigen Kinder und ihren kleinen Mann, der jeden Abend mit schütteren Haaren und erschlaffendem Gewebe nach Hause kam. Diese drei ersparten ihr die Dramen später Rendezvous. Manchmal schimpfte ihr Mann über seinen hochgewachsenen, drahtigen Vater, der, wie der Sohn wusste, mit seinen langen, grauen Locken durchaus nicht jeden Abend nach Hause kam. Die blondierte Schuhverkäuferin dachte oft, dass sie zur falschen Generation der Familie ihres Mannes gehörte. Der Schwiegervater hielt die blondierte Frau des Sohnes seinerseits übrigens für eine dumme Gans, auch wenn sie ihn vor einigen Wochen damit überrascht hatte, dass er mit ihr über andere Frauen reden konnte wie mit einem Kerl. Die Frau, die keine Sängerin geworden war, hatte mit Hilfe einer schimmernden Karte sehr viel Geld bezahlt, hatte sich errötend und für einen Moment zögernd bei der blondierten Schuhverkäuferin bedankt und noch leicht erhitzt das Schuhgeschäft mit dunkelblauen Pumps in einer weißen Tüte verlassen. Die blondierte Schuhverkäuferin hatte hinter ihr hergesehen, überzeugt, dass alle Erwartung, Hoffnung und Grazie dieses Tages wie Parfumduft aus dieser Tüte emporstiegen.

III

Die Frau, die keine Sängerin geworden war, drehte am Schalter ihres Gasherdes und es begann zu zischen. In der anderen Hand hielt sie ein langstieliges Feuerzeug. Sie war barfüßig, ihr Haar zerzaust. Wie immer zögerte sie auch jetzt das Zischen des Gases einen Moment hinaus und wie immer bewegte sie dabei kaum sichtbar die Lippen. Wir wissen auch jetzt nicht, was in ihr vorging. Das Innere der Frau, die keine Sängerin geworden war, bleibt für uns Äußere nichts als Klang. Und dazu ein Klang, der nicht zu hören war. Das Innere der Frau, die keine Sängerin geworden war, war unhörbarer Klang. Auch einige Minuten nach dem Zischen des Gases, als sie sich zum zigtausendsten Mal in ihrem Leben einen Kaffee eingoss.

Am Nachmittag hatte die Frau, die keine Sängerin geworden war, in einem blauen Kleid von schlichter Eleganz auf der Terrasse des berühmten Café Meridian gesessen. Nach ihrem Wunsch gefragt, hatte sie gelächelt und gesagt: »Danke, einen Moment noch.« Der Kellner hatte in einer Sprache, die die Frau nicht verstanden hätte, überlegt, wie alt sie wohl sei. Dass Frauen in ihrem Alter noch so schön sein können! Aber warum wartet sie? Da stimmt etwas nicht. So eine Frau lässt man nicht warten! Verstohlen hatte der Kellner immer wieder zu der Frau, die keine Sängerin geworden war, hinübergesehen und sich an ihrem Anblick erfreut.

Dann hatte die Frau, die keine Sängerin geworden war, plötzlich nach ihrer Handtasche gegriffen, sie geöffnet und ein Mobiltelefon hervorgeholt. Sie drückte zwei oder drei Tasten und schaute auf das kleine Gerät. Sie las eine Nachricht. Das jedenfalls vermutete der Kellner, der seinen Blick nicht mehr abwenden konnte. Während die Frau, die keine Sängerin geworden war, auf ihr Mobiltelefon schaute, veränderte sie sich. Vor seinen Augen. Vor aller Augen, wenn denn außer dem Kellner noch jemand hingesehen hätte. Alles Strahlen wurde Schatten, wie der Kellner in seiner fremden Sprache leicht poetisiert feststellte. Er sah, wie sich die Frau, die keine Sängerin geworden war, erhob, wie sie mechanisch durch die vollbesetzten Tische schritt, hier und da anstieß, scheinbar ohne es zu bemerken, sah sie davon gehen über die Straße, aufrecht und abwesend. Auf dem gegenüberliegenden Trottoir stützte sich die Frau, die keine Sängerin geworden war, mit einer Hand gegen eine Mauer, zog sich mit der anderen die hochhackigen Schuhe aus und ließ sie blau glänzend auf dem Gehweg zurück.

Den Kellner überkam eine nur mühsam zu beherrschende Gefühlsaufwallung. Er wollte hinter ihr her laufen, sie aufhalten, sie an der Schulter berühren und umdrehen, ihr sagen, was sie in seiner Sprache vermutlich gar nicht verstanden hätte. Aber vielleicht hätte sie es doch verstanden? Da rief jemand nach dem Kellner. Der wandte sich um, nickte, und kehrte zurück zu seinen Aufgaben.

Die Frau, die keine Sängerin geworden war, hatte die Wohnungstür hinter sich geschlossen, war ins Wohnzimmer gegangen, zum Esstisch, und war, Zufall oder nicht, hinter dem Stuhl, auf dem ihr Mann immer gesessen hatte, zusammengebrochen. Schluchzend hatte sie sich auf einen persischen Teppich gekauert und geweint, als würde sie nie mehr etwas anderes tun, bis sie endlich in wirre Träume versunken war. Stunden später war sie aus unruhigem Schlaf erwacht, hatte sich aufgesetzt, hingestellt und sich mit den Händen durchs Haar und übers blaue Kleid gestrichen.

IV

Jetzt stand die Frau, die keine Sängerin geworden war, noch immer barfüßig und mit zerzausten Haaren an einem Fenster und schaute auf den dunklen Spalt zwischen Fenster und Fensterrahmen. Sie fuhr mit einer Fingerkuppe den Spalt entlang, schaute auf den gestreckten Finger, verbarg ihn in der Faust, wandte sich ab. Sie kam mit einer

Plastiktüte ans Fenster zurück, holte eine Rolle schwarzen Klebebands daraus hervor und begann, den Spalt abzukleben. Als sie fertig war, ging sie zum nächsten Fenster und wiederholte den Vorgang. Sie ging in die Küche, ins Schlafzimmer, immer wieder rollte sie das Band ab, setzte es an der Kante zwischen Fenster und Rahmen an und drückte es dann mit den Fingerspitzen in die Ritze, sie klebte alle Fenster und die Balkontüren ab, im Gästezimmer, im Bad, unzählige Rollen schwarzen Klebebands, die sie aus der Tüte kramte, bis nirgends mehr ein Spalt zu sehen war. Die Frau, die keine Sängerin geworden war, ging mit dem übrig gebliebenen Klebeband in die Küche. Kurz darauf kehrte sie ins Esszimmer zurück, stellte sich hinter den Stuhl, auf dem ihr Mann immer gesessen hatte, legte ihre Hände auf die Lehne und schloss die Augen. Wartete. Lange Sekunden. Endlich atmete sie tief, ganz tief, in sich hinein

und begann zu singen.

DER SEHNSÜCHTIGE BANKIER
EIN PHILOSOPHISCHER ESSAY MIT SCHLUSSARIE

Kapitel I
Das strukturelle Defizit der Wirklichkeit

Der sehnsüchtige Bankier pfiff auf die Wirklichkeit, wenn sie so daher kam, wie die Gegenwart. Er pfiff auf Terroristen und Algorithmen, auf Fischaugen, Eisschmelze und kindliche Prägung, er pfiff auf das Geräusch von Autounfällen, auf das sich Öffnen von Regenschirmen und Tulpenblüten. Er pfiff auf das Kapital und die Dummheit, auf Tod und Teufel. Er pfiff auf den Hut, den er nicht besaß, auf die Rundung seiner Autoreifen und die Sekunden vor Mitternacht. Er pfiff auf Mitternacht. Er pfiff auf Zukunft und Vergangenheit. Kurz: Er pfiff auf Gott und die Welt. Oder sagen wir lieber, er *bemühte* sich, darauf zu pfeifen. Er lebte in einem schönen Haus, groß, umgeben von einem Garten mit altem Baumbestand, gemeinsam mit seiner anmutigen Frau. Der sehnsüchtige Bankier hatte wirklich eine sehr anmutige Frau, obwohl man anmutig ja heute nicht mehr sagt, eine Frau, die ihn, den sehnsüchtigen Bankier, zudem geliebt hatte oder die zumindest das Gefühl gehabt hatte, ihn zu lieben, zumal er ein ziemlich erfolgreicher Banker war. Und gibt es einen Unterschied zwischen »lieben« und dem »Gefühl zu lieben«? Sie war eine schöne Frau. Schön, geistreich, begehrenswert. Sie hasste Poesie und liebte Fischaugen zwischen ihren Zähnen. Es schmeichelte dem sehnsüchtigen Bankier, dass sie seine Frau war. Es gab kaum einen Kerl, der nicht in ihrer Gegenwart anfing, sich um sie zu bemühen. Ärgerlicherweise war sie *wirklich* seine Frau. Das heißt, sie *war tatsächlich* seine Frau und konnte es darum nicht mehr *werden*.

Den sehnsüchtigen Bankier verlangte es, auf die Wirklichkeit zu pfeifen, weil seiner Auffassung nach das Leben in der Wirklichkeit nie das wahre und darum immer das falsche war. Eine Wirklichkeit, zu deren Grundzügen Tatsächlichkeit, Übergriffigkeit, Banalität, Vergänglichkeit, existentielle Einsamkeit und zu allem Überfluss auch noch gnadenlose Tödlichkeit gehörten, war eine einzige Zumutung. Sie wies stets ein strukturelles Defizit aus. Ein Defizit, das ausgeglichen werden musste, damit das Dasein nicht dauerhaft in Schieflage geriete. Dieser Ausgleich aber war die Sehnsucht. Die Sehnsucht war der Zuschuss, das Jenseits, dank dessen die Wirklichkeit in ihrer dilletantischen

Diesseitigkeit überhaupt zu ertragen war. Fand der sehnsüchtige Bankier. Und so kam es, dass der sehnsüchtige Bankier, verborgen in seinem täglichen Ehe- und Bankerleben, Sehnsucht hatte. Große Sehnsucht. Ausdruck fand die Sehnsucht des sehnsüchtigen Bankiers in einem Traum. Das war kein flüchtiger Tagtraum. Der sehnsüchtige Bankier hatte vielmehr einen beständigen Traum, der ihn in seinem ganzen Tun und Lassen begleitete wie ein unsichtbarer Hund. Dieser Traum war der Traum von der Frau, die an Baudelaire vorüberging.

Der Traum des sehnsüchtigen Bankiers hatte Anfang, Mitte und Schluss, wenn auch nicht immer in dieser Reihenfolge. Tatsächlich träumte der sehnsüchtige Bankier für gewöhnlich nur einzelne Passagen, zuweilen ein und dieselbe mehrfach hintereinander. Oder er sprang im Traum hin und her wie auf einer Internetseite. Wollte man jedoch den Traum von vorn nach hinten erzählen, ginge er ungefähr so:

Der sehnsüchtige Bankier steht, noch nicht sehnsüchtig, in einem Hauseingang und telefoniert. Eine Frau, stolz und schön, kommt die Straße hinunter und geht, als bemerke sie ihn nicht, an ihm vorüber. Der Bankier begreift augenblicklich, dass da nicht irgendeine Frau an ihm vorübergeht, sondern *die* Frau. Die Frau, mit deren Anblick sich alles verändert. Die Frau aus dem Gedicht von Charles Baudelaire, das den Titel trägt: »Auf eine, die vorüberging«.* (siehe Seite 108)

Sei es träumerische Freiheit des Bankiers oder das Geschenk eines unbekannten Verehrers nach Baudelaire, die Frau, die an Baudelaire vorüberging, trägt im Traum des Bankiers eine rosa Handtasche über der Schulter. Sollte die Frau, die an Baudelaire vorüberging, die Handtasche schon bei ihrer flüchtigen Begegnung mit Baudelaire getragen haben, so hat der Dichter sie jedenfalls nicht erwähnt. Auch der Bankier achtet im Moment des Vorübergehens nicht auf die Handtasche. Das wäre auch viel verlangt, denn der Moment des Vorübergehens ist genau der Moment, in dem sich der einfache Bankier in einen sehnsüchtigen Bankier verwandelt. Und mit dieser Verwandlung trifft er eine Entscheidung: er lässt die Frau *nicht* vorübergehen! Lässt sie nicht laufen, wie Baudelaire! Er nicht! Er wird ihr hinterhergehen! Er wird sie ansprechen. Er wird sie erobern! Er, der Bankier, wird sie lieben und sie wird es spüren und wird auch ihn lieben! Der nun sehnsüchtige Bankier lässt also sein Telefon fallen, das mit einem leisen Knall auf dem Boden zerspringt, tritt aus dem Hauseingang heraus und geht der Frau, die an Baudelaire vorüberging, nach.

Sie macht Einkäufe – Parfümerie, Schuhgeschäft, Dessousgeschäft – und betritt am Ende das berühmte Café Meridian. Der sehnsüchtige Bankier nimmt sich einen Tisch in ihrer Nähe, bestellt sich altmodisch einen Pastis und lehnt sich in seinem Stuhl zurück. Die Frau, die an Baudelaire vorüberging, taucht ihre Lippen in die geschäumte Milch eines Cappuccinos und schaut in eine andere Richtung. Kann es Edleres geben als die stolze Trauer, die ihre schmale Erscheinung verströmt? Adel eines Bildes! Der sehnsüchtige Bankier spürt, wie der Anblick der Frau, die an Baudelaire vorüberging, nach und nach von ihm Besitz ergreift. Wie Schlangengift. Wie der Schierling des Sokrates. Als die Frau, die an Baudelaire vorüberging, sich nach einer Viertelstunde erhebt, ein paar Münzen auf den Tisch legt und geht, ist der sehnsüchtige Bankier ganz und gar von ihr besessen.

Das nun ist der Zeitpunkt, an dem die rosa Handtasche ins Spiel kommt. Die Frau, die an Baudelaire vorüberging, erhebt sich, verlässt ihren Tisch, geht mit elegantem Schritt auf die Eingangstür zu - und lässt die Handtasche an der Lehne ihres Stuhles zurück! Still und wie vergessen hängt sie da, rosa und mit goldener Schnalle, ganz dem elektrisierten Blick des sehnsüchtigen Bankiers ausgesetzt. Eine Botschaft! Eine Botschaft an ihn, denkt der sehnsüchtige Bankier. Für ihn hängt die Tasche dort! Für ihn hat die Frau, die an Baudelaire vorüberging, die Handtasche zurückgelassen. Als Zeichen des Einverständnisses! Dass er aufspringe, hinter ihr her laufe, sie endlich anspreche. Der sehnsüchtige Bankier springt also auf, greift nach der Handtasche wie ein Dieb und läuft zur Straße hinaus. Er sieht sie nicht, aber die Frau kann ja nicht weit sein, er rennt den Gehweg entlang, stockt, schaut in alle Richtungen, rennt um Ecken, durch Gassen, über Straßen hinweg, er hat sie verpasst. Keuchend bleibt er an einer Laterne stehen. Die Frau, die an Baudelaire vorüberging, ist verschwunden.

Die Handtasche! Er hat die Handtasche! Der sehnsüchtige Bankier nestelt an der goldenen Schnalle. Es ist keine Neugier, die ihn treibt, es ist ein Zwang. Als fordere die Handtasche der Frau, die an Baudelaire vorüberging, den sehnsüchtigen Bankier ultimativ auf, sie zu öffnen. Mit einem kunstvollen Klick springt der Verschluss auf, die Tasche klappt auseinander und der sehnsüchtige Bankier schaut mit pochendem Herzen in das Innere der Handtasche der Frau, die an Baudelaire vorüberging. Und sieht - nichts. Keinen Flakon, keinen Lippenstift, kein Puder, keine Giraffe und auch keinen Papst, keinen Terroranschlag, kein Ersatzrad, kein Buch, keinen Puff. Nur Scherben. Bunte, scharfe Scherben, lang genug, jemanden zu töten. Und zerknülltes Papier. Fiebrig faltet der sehnsüchtige Bankier das Blatt auseinander. Er hat es gewusst! Er hat es die ganze Zeit gewusst! Es ist ein Brief. Ein Brief an ihn! Ein Brief von der Frau, die an Baudelaire vorüberging, an den sehnsüchtigen Bankier!

Dass der Brief an ihn gerichtet ist, erkennt der sehnsüchtige Bankier daran, dass sein Name in der Anrede steht. Darüber hinaus aber versteht er nichts, denn der Brief ist in einer Sprache verfasst, die der sehnsüchtige Bankier nicht kennt. Aber was spielt das für eine Rolle? Sein Leben hat jetzt einen Grund. Einen Anlass! Die

Handtasche! Der sehnsüchtige Bankier wird nach der Frau, die an Baudelaire vorüberging, suchen, er wird sie finden, er wird niederknien vor ihr, vor ihre Scham und ihr eine Arie singend die Handtasche darbieten wie ein Heiligtum. Die Frau, die an Baudelaire vorüberging, aber wird lachen, heiter und gerührt, und den sehnsüchtigen Bankier mit sich nehmen.

Das war also die traumgewordene Sehnsucht des sehnsüchtigen Bankiers. Ein heimlicher Traum. Wer hat das nicht. Solange er den Handtaschenfetisch für sich behält, stört's keinen großen Geist. Aber genau das war der springende Punkt. Es genügte nämlich dem sehnsüchtigen Bankier durchaus nicht, bloß zu träumen und sich so an seiner Sehnsucht zu laben. Zwar vergaß er darüber die Zumutungen der Wirklichkeit, aber er litt darunter, dass der heimliche Traum seiner Sehnsucht in seinem Schädel eingeschlossen war und so nicht nur nicht gegen die erwähnte Einsamkeit half, sondern in seiner Heimlichkeit geradezu Ausdruck dieser Einsamkeit war. Er war mit seiner Sehnsucht allein.

Nun, soll er den Traum doch jemandem erzählen! Nein, das wäre kein guter Vorschlag. Das wäre sogar ein ziemlich naiver Vorschlag. Jedenfalls aus der Sicht des sehnsüchtigen Bankiers. Es ist doch völlig offensichtlich, dass ich meinen Traum nicht erzählen kann, ohne ihn zu *veräußern*! Was könnte unterschiedlicher sein als der

Traum im Kopf des Träumers und derselbe Traum im Ohr der Zuhörerin? Das sind nicht einmal zwei verschiedene Träume. Es sind zwei grundverschiedene Dinge! So unterschiedlich wie Subjekt und Objekt. Nein, die Einsamkeit der Sehnsucht kann ich nur durchbrechen, dachte der sehnsüchtige Bankier, wenn der Traum *im Innern eines anderen auftaucht* und zwar *nicht als von außen kommend*, sondern als sein Inneres. Als *ihr* Inneres, denn es konnte nur eine Frau sein. Schließlich ging es um seine Sehnsucht! *Mein* Traum muss in *ihr* als ihr eigener Traum erblühen, dachte der sehnsüchtige Bankier leicht poetisch. Der Traum, davon war der sehnsüchtige Bankier überzeugt, durfte darum nicht erzählt, er musste ins Unterbewusstsein kopiert werden!

Aber wie war das zu bewerkstelligen? Und wem sollte er seinen Traum einpflanzen? Er dachte an seine Frau. Immerhin war sie es, neben der er sich, seit sie nicht mehr seine Frau wurde, sondern seine Frau war, stets einsam fühlte. Aber bei näherer Betrachtung kam seine Frau nicht in Frage und zwar aus einem einfachen Grund: sie könnte seinen Traum *verstehen*. Die Frau des sehnsüchtigen Bankiers müsste die Sehnsucht des sehnsüchtigen Bankiers träumen, als wäre es ihre eigene. Als wären es *ihre* Gedanken. Es kennzeichnet aber gerade unsere eigenen Gedanken, dass wir sie *nicht verstehen*. Nicht, während wir sie denken. Wir verstehen vielleicht mit einem Gedanken einen anderen, nie aber versteht ein Gedanke sich selbst. Als Traumempfängerin, so erkannte der sehnsüchtige Bankier, konnte darum nur eine Frau in Frage kommen, die den Traum des sehnsüchtigen Bankiers nicht verstehen würde. Die die Worte nicht verstünde, mit denen der sehnsüchtige Bankier ihr seinen Traum einflüstern würde. Von außen betrachtet, mag das alles absurd klingen. Aber da war niemand, der den sehnsüchtigen Bankier von außen betrachtete. Jedenfalls niemand, der von außen in ihn hineingeschaut hätte. Für den sehnsüchtigen Bankier aber war die Sache klar und so verließ er über Nacht seine Frau, die daraufhin einen Flakon in den Badezimmerspiegel warf, und kaufte sich Chloroform, einen Trichter und eine schöne Dame, die seine Sprache nicht verstand. Die schöne aber ahnungslose Dame, sie nannte sich Anna, schickte er in tiefen Schlaf, steckte ihr den Trichter in die rechte Ohrmuschel und entließ seine Sehnsucht durch Trichter und Gehörgang in die Tiefen ihres Bewusstseins. So machte er es sieben Nächte hindurch.

Kapitel II
Die Nichtverstehbarkeit der eigenen Gedanken

Abgesehen davon, dass sich Anna nach einer Woche regelmäßiger Chloroformierungen in einem jämmerlichen Zustand befand, war das Ergebnis der nächtlichen Einflüsterungen tatsächlich erstaunlich. Nutzen wir die Anwesenheit eines Trichters, um für einen Moment selbst in das Innere von Annas Kopf zu gelangen.

Es irritierte Anna durchaus, dass sie sich nach nur ein paar Tagen Bekanntschaft mit diesem Banker, der die alberne Marotte hatte, ein Bankier sein zu wollen, derart gerädert fühlte. Die Nächte verbrachte sie wie betäubt, so schien es ihr, und die Tage verschlief sie. Sie dachte, sie sollte zum Arzt gehen, sich in ein Krankenhaus einweisen lassen, aber bis sie darauf kam, war sie schon zu schwach. Bestimmt war der Bankier ein perverser Bankier, der sich daran labte, sie, Anna, langsam zu vergiften. Er machte das allerdings sehr charmant, brachte ihr jeden Tag Blumen und Konfekt und legte zärtlich ihren Kopf in seinen Schoß. Und wenn sie dann spürte, wie es hart wurde unter ihrer Wange, lächelte sie in ihrer Dämmerung. Nach einigen Tagen ging es ihr auch wieder besser. Sie fand Schlaf in der Nacht und tagsüber Kraft, den hartgewordenen Bankiersschoß zu befreien und damit zu spielen. Sie musste sich eingestehen, dass sie die zärtlichsten Gefühle für ihren Banker empfand. Anna, sagte sie kichernd zu sich selbst, du bist verliebt. Geradezu überwältigend wurden die Gefühle in Annas Brust, wenn sie »diese Gedanken« hatte, wie Anna selbst es nannte. Auch als Anna körperlich wieder ganz hergestellt war, gab es etwas, das von ihrem deliranten Zustand zurückgeblieben war: »Diese Gedanken«. Eigentlich wusste Anna nicht genau, ob es Gedanken waren. Aber wenn man sagt, dass alles, was einem durch den Kopf geht, Gedanken sind, dann waren es Gedanken. Ihre Gedanken. Das besondere nur war, dass Anna sie nicht verstand. Seit ihrem Delirium hatte Anna Gedanken im Kopf, die sie nicht verstand. Nicht wie ein Gedicht, das man mühevoll interpretieren müsste. Nein, Anna verstand diese Gedanken nicht, weil sie sie in einer *Sprache* dachte, die sie nicht verstand. Das war es. Ich denke in einer Sprache, die ich nicht verstehe, dachte Anna. Wie Musik. Die fremdsprachigen Gedanken waren Musik in ihrem Kopf, Musik schöner als Mozart. Die schönste Musik, die sie je gehört hatte, und zugleich die süßeste Verheißung. Jedes Mal, wenn diese Musik in ihrem Innern erklang, überkam sie ein Verlangen wie ein Befehl, ihren Bankier mit Liebe zu überschütten. Es war seine Sprache, in der sie dachte, ohne sie zu verstehen, und es war seine Stimme, mit der diese Sprache in ihr erklang. Manchmal, wenn sie sich unbeobachtet wähnte, sang sie den Sehnsuchtstraum des sehnsüchtigen Bankiers leise vor sich hin.

Hier nun hätte diese Geschichte eine gute Gelegenheit, zu einem, wenn auch etwas frühen, Happy End. Anna liebt ihren Bankier und er, gerührt und überwältigt von dieser Liebe, vergisst seine Sehnsucht und sie leben glücklich bis an ihr Ende und wenn sie nicht gestorben sind usw. Aber Happy Ends gibt es nun einmal nur im Film, denn der Film geht nach dem Happy End nicht weiter. Er endet mit dem Happy End. Anders als das Leben. Das wäre mal ein Happy End, mit dem gleich das ganze Leben endete! Aber in Wirklichkeit, diesem vom sehnsüchtigen Bankier so missmutig betrachteten Konstrukt, ist das Happy End kein End sondern ein flüchtiger Augenblick und das Theater danach lässt meist nicht lange auf sich warten.

Anna offenbarte ihm alles. Erklärte ihm, dass sie ihn so sehr liebe, dass sie in seiner Sprache zu denken beginne, ohne zu verstehen, was ihr da durch den Kopf gehe. Als dächte sie seine Gedanken. Mit seiner Stimme. Können zwei Menschen einander näher sein? Da lächelte der sehnsüchtige Bankier traurig. Anna war nicht die Frau geworden, die an Baudelaire vorüberging. Sie hatte keine Ahnung von dieser Frau. Sie hätte sich sonst auf irgendeine Weise zu erkennen gegeben. Ganz unwillkürlich. Eine beiläufige Bemerkung wie »ich vermisse meine rosa Handtasche. Hast du sie vielleicht zufällig gesehen?« - so etwas. Sie war es nicht. Aber der sehnsüchtige Bankier fühlte sich geliebt. Und gibt es einen

Unterschied zwischen »geliebt werden« und dem »Gefühl, geliebt zu werden«? Der Klang seines unverstandenen Traums hatte Annas Sehnsucht entfacht. Nicht die Sehnsucht, die Frau zu sein, die an Baudelaire vorüberging, sondern ihre ganz eigene Sehnsucht nach *ihrem* Bankier. Anna war verliebt wie ein Backfisch.

Dann begann die Tragödie. »Ich lerne jetzt deine Sprache«, teilte Anna dem sehnsüchtigen Bankier eines Tages beim Abendessen mit. »Warum?« fragte der sehnsüchtige Bankier, der sofort begriff, was auf dem Spiel stand. »Ich will wissen, was ich denke«, antwortete Anna mit einer fröhlichen Keckheit, die keinen Widerspruch zuließ. Nicht aus Neugier oder weil sie Geheimnisse lüften wollte, hatte sie sich in den Kopf gesetzt, die Sprache ihres Bankiers zu lernen. Sie wollte seine Sprache lernen, weil sie ihn liebte. Oder zumindest das Gefühl hatte, ihn zu lieben. Sie wollte ihn verstehen lernen. Sie wollte ihn, den Geliebten, ganz und gar verstehen, denn mit diesem Verstehen würde sie ihren Bankier ganz und gar und für immer in sich aufnehmen. Als würde sie ihn mit dem Verstehen seiner Sprache *einatmen*. Das jedenfalls behauptete sie. Sich selbst gegenüber.

Danach ging es sehr schnell. Anna buchte einen Sprachkurs in einem sechsstöckigen Bürogebäude und nahm bereits nach der ersten Stunde ihren Lehrer mit klopfendem Herzen bei Seite und bat ihn, ihr zu übersetzen, was ihr durch den Kopf ging. Der Lehrer freute sich wahrscheinlich, dass diese schöne Frau ihn ansprach und war vermutlich gerne bereit, ihr alles zu übersetzen, worum sie ihn bat, nicht ahnend, welche Katastrophe er damit heraufbeschwören würde. Anna wurde während des Übersetzens bleicher und bleicher, sprach aber tapfer immer weiter in der Sprache, die sie nicht verstand, und hörte zu, was der Sinn ihrer Worte war. Sie hörte auch nicht auf, als sie spürte, dass ihr Tränen die Wangen herunterliefen und auch nicht, als sie sich setzen musste, weil ihre Knie versagten. Der Sprachlehrer schaute entsprechend sorgenvoll, was indes unbemerkt blieb, da ihn niemand betrachtete. Auch Anna nicht. Sie hatte den Sprachlehrer völlig vergessen und als der die letzten Sätze in diese furchtbare Sprache, die ihre eigene war, verwandelt hatte, erhob sie sich wortlos von ihrem Sitz und ging wie somnambul aus dem Raum. Ihr Bankier hatte sie einen Traum träumen lassen und dieser Traum war der Traum von einer anderen Frau. Er hatte sie dazu gebracht, dass sie selbst von dieser anderen Frau träumte. Dass sie ihn für diesen Traum liebte! Dass sie diesen Traum gesungen hatte! Wie grotesk, wie erniedrigend das war! Für Anna war der Traum des sehnsüchtigen Bankiers bei Lichte betrachtet eine nicht wieder gutzumachende Demütigung, was wieder einmal Spekulationen dafür Raum gibt, ob das Sonnenlicht der Erkenntnis bei Liebesdingen die richtige Beleuchtung sei oder nicht doch das künstliche Zwielicht eines Hotelzimmers?

Anna erinnerte sich später nicht mehr, wie sie nach Hause gekommen war und was sie möglicherweise unterwegs noch alles getan hatte. Zu Hause setzte sie sich auf einen Stuhl und wartete, dass sie anfangen würde, ihren Bankier leidenschaftlich zu hassen. Dass sie ihn für den Traum genauso hassen könnte, wie sie ihn zuvor dafür geliebt hatte. Buchhalterisch machte das Sinn. Aber ihr fehlte die Kraft. Als der sehnsüchtige Bankier nach Hause kam, sagte Anna ihm nur leise, geh, draußen steht ein Taxi für dich. Vielleicht hätte es sie getröstet, wenn sie geahnt hätte, dass sie ihn damit ins Verderben geschickt hatte.

Kapitel III
Die Vollständigkeit der Wirklichkeit
ist eine rosa Handtasche

Der sehnsüchtige Bankier verließ das Haus, trat auf das Taxi zu, stieg ein. Er war es gewohnt, Taxi zu fahren. Er war wie gesagt ein durchaus erfolgreicher Banker. Normalerweise fuhr ihn sein Chauffeur. Und wenn der frei hatte, nahm er eben ein Taxi. Er war ein erfolgreicher Banker aber ein gescheiterter Sehnsuchtseinflüsterer. Er hatte der Wirklichkeit ein Schnippchen schlagen wollen.

In dem er den Traum und damit seine Sehnsucht teilte, hätte er aus der Sehnsucht als *virtuellem* Defizitausgleich der Wirklichkeit einen *wirklichen* Defizitausgleich gemacht. Die Wirklichkeit wäre wirklich ausgeglichen gewesen. Sie wäre *vollständig* gewesen! Der sehnsüchtige Bankier hatte von der Vollständigkeit der Wirklichkeit offenbar keine Ahnung. Zornig knallte er die Autotür zu. »Fahren Sie!« schnauzte er den Taxifahrer an. Die Wirklichkeit strukturell defizitär? Ha! Das klang ja fast liebenswert! Als wäre die Wirklichkeit die Verkörperung des Ungenügenden! Die Göttin der Unvollkommenheit! Von wegen! Der sehnsüchtige Bankier kramte in seinen rudimentären Kenntnissen der griechischen Mythologie. Er fand sie nicht. Es gab keine Göttin der Unvollkommenheit. Die Wirklichkeit konnte keine Göttin sein, noch nicht einmal eine böse, denn sie war *zu* böse! Sie war die Kraft, die alles Göttliche zerstört. Die Verneinung des Göttlichen! Und konnte darum nicht selbst göttlich sein. Ja, so musste es sein, dachte der sehnsüchtige Bankier, eine grausame Erkenntnis, aber eine klare und eindeutige. Ein Lächeln huschte über die blassen Lippen des sehnsüchtigen Bankiers, denn mehr als die Grausamkeit seiner Erkenntnis ihn schreckte, freute ihn, dass er es war, der diese tiefe Einsicht in das ungeheuerliche Wesen der Wirklichkeit gewonnen hatte.

Er atmete tief. Dieses Taxi war Wirklichkeit. Wahrscheinlich gerieten sie gleich in einen tödlichen Unfall.

Der Taxifahrer war mindestens fünfundsiebzig. Er würde die Kontrolle über den Wagen verlieren. Dem sehnsüchtigen Bankier war das egal. Er dachte an die Bilder von dem Auto, in dem Lady Di gestorben war. An den von Terroristen zerstörten Wagen des damaligen Chefs der Deutschen Bank. Der sehnsüchtige Bankier hatte ihn flüchtig gekannt. Das war die Wirklichkeit in ihrer ganzen Boshaftigkeit, dachte der sehnsüchtige Bankier: tote Prinzessinnen, Terror und die Deutsche Bank. Wie würde das Taxi aussehen nach dem Unfall? Dem sehnsüchtigen Bankier fiel auf, dass die Bilder von zerstörten Autos, die er im Kopf hatte, Bilder *von außen* waren. Aber wie sah so ein Haufen Schrott *von innen* aus? Der Blick des sehnsüchtigen Bankiers schweifte durch das Innere des Taxis. Er versuchte, sich das Ausmaß des Schadens vorzustellen. Das Dach, das sich ihm entgegen knickte, platzende Airbags ringsherum, Getriebestangen, die die Sitze durchbohrten, Glasscherben, die ihm die Kehle durchschnitten, von allen Seiten ginge krachend und biegend der Raum verloren, die Rückbank würde sich auf die Vordersitze stürzen wie ein Tier … in diesem Moment sah der sehnsüchtige Bankier etwas rosafarbenes im Fußraum zwischen Fahrersitz und Rückbank. Rosa. Rosa mit einer goldenen Schnalle. Er wusste nicht, ob er weinen, lachen oder einfach nicht dran glauben sollte. Ob er den Verstand verlor, ob er einen Traum betrat oder endlich verließ. Die Handtasche! Die rosa Handtasche!

Mit pochenden Schläfen griff der sehnsüchtige Bankier nach den Trageriemen und zog die Tasche zu sich auf den Schoß. Seine Hände waren zittrig, als er wie unter Zwang die goldene Schnalle öffnete. Es konnte nicht sein, es war völlig ausgeschlossen. Aber es konnte auch nicht anders sein. Und es war auch nicht anders. Das Ausgeschlossene geschah. Es war die Handtasche der Frau, die an Baudelaire vorüberging! Rosa, mit goldener Schnalle, im Innern bunte Scherben, zum Teil so lang, dass man damit jemanden töten konnte, und ein zerknülltes Papier. Fiebrig faltete der sehnsüchtige Bankier das Blatt auseinander. Nun war alles gewiss. Es war der Brief an ihn. Der Brief aus seinem Traum, geschrieben in einer Sprache, die der sehnsüchtige Bankier nicht verstand.

»He Sie!«, rief der sehnsüchtige Bankier da den Taxifahrer an, beugte sich nach vorn und hielt ihm das verknitterte Blatt hin, »was ist das für eine Sprache? Italienisch?«

Der Taxifahrer nahm das Blatt, schaute kurz drauf, reichte es zurück. »Italienisch. Sieht aus wie Verse. Bestimmt der Text einer Opernarie. Die singen doch meistens Italienisch.«

Der sehnsüchtige Bankier lehnte sich wieder zurück.

»Dann fahren Sie mich da hin«, sagte er.

»Wohin?« fragte der Taxifahrer.

»Nach Italien.«

»Ok«, sagte der Taxifahrer, »wie Sie wünschen.«

Der sehnsüchtige Bankier schaute wieder auf das Blatt und dachte: Es stimmt. Es sieht wirklich aus, als seien es Verse. »Occhio di Pesce«, was mochte das heißen? Er spürte, wie ihn die Sehnsucht wieder überkam. Die Sehnsucht nach der Frau, die an Baudelaire vorüberging. Wer immer sie war. Er musste sie finden! Er *würde* sie finden!

Der Taxifahrer aber bog rechts ab und fuhr den sehnsüchtigen Bankier nach Italien.

Die Fahrt dauerte zwei Tage. Der sehnsüchtige Bankier war nun nichts mehr als seine Sehnsucht. Sie gab ihm jetzt klar und eindeutig eine Richtung. Der sehnsüchtige Bankier war sich seiner selbst ganz und gar gewiss. Und so setzte er sich nach der ersten Pause nach vorn neben den Taxifahrer, entschlossen, die Stunden der langen Reise mit Plaudereien zu verkürzen.

Der Taxifahrer erwies sich als leidenschaftlicher Geschichtenerzähler. Als Taxifahrer erlebt man so einiges. Wo der Herr doch da so eine Handtasche bei sich habe, sagte der Taxifahrer und deutete vage nach hinten, wo die rosa Handtasche der Frau, die an Baudelaire vorüberging, auf dem Rücksitz lag, es sei noch keine zwei Wochen her, da habe eine ältere Dame mit ihrer Handtasche auf ihn eingeschlagen. Eine schwarze Handtasche. Er sei offen gestanden ziemlich überrascht gewesen.

Aber nun ja, das sei eine längere Geschichte. »Erzählen Sie«, sagte der sehnsüchtige Bankier, »wir haben Zeit.«

»Wie Sie meinen. Die Sache begann vor fast fünfzig Jahren. Ich war zwanzig oder einundzwanzig. Ich hatte mich dem Widerstand in meinem Heimatland angeschlossen. Wir hatten genug von der Diktatur. Naja, eigentlich hatte ich mich aus Liebe dem Widerstand angeschlossen. Sie hieß Maria. Ich wollte sie erobern, indem ich die gesamten Fleurs du Mal von Baudelaire auswendig lernte. Auf Französisch, obwohl ich kein Französisch konnte. Aber für Maria war nur das Unmögliche angemessen. Nach drei Sonetten hatte sie genug. Was der Unfug solle, hat sie gefragt. Sie wies mich ab. Von da an war ich bei den politischen Aktionen der Gruppe immer vorn dabei. Was tut man nicht alles, um eine Frau zu beeindrucken! Aber es war eben Maria. Als ich eines Tages Maria und den Chef unserer Gruppe, er nannte sich José, sich küssen sah, wusste ich, was ich zu tun hatte. Ich schnappte mir eine Kalaschnikoff und erschoss einen Kommandanten der Geheimpolizei auf offener Straße. Das Attentat war lange geplant. Aber eben nicht so. Im Gegenteil. Ich hatte damit alle Pläne durchkreuzt und die ganze Gruppe in Gefahr gebracht. Sie warfen mich raus. Für die Polizei war ich vogelfrei, also blieb mir nichts anderes übrig, als das Land zu verlassen. Als ich mich von Maria verabschiedete, nahm sie meine Hand und drückte sie sanft gegen ihr Gesicht. Sie weinte. Wie glücklich war ich über diese Tränen! Ich hatte sie berührt. Tief in ihrem Innern hatte ich sie berührt. Ich habe sie nie wiedergesehen und weiß nicht, was aus ihr geworden ist. Aber ich bin sicher, dass sie noch manchmal an mich gedacht hat. Nun ja, ich verließ das Land und kam als Flüchtling hierher, illegal, und wurde Taxifahrer.

Aber wissen Sie, manchmal zieht das Leben so seine Kreise. Vor einigen Tagen steigt eine ältere Dame in meinen Wagen. Ich erkenne sofort, dass sie aus meiner Heimat stammt. Auch sie freut sich, einen Landsmann zu treffen. Fragt, wie ich in dieses Land gekommen sei. Ich erzähle ihr also die ganze Geschichte. Und am Ende schlägt sie mit ihrer Handtasche nach mir, voller Zorn und Wut und Trauer. »Sie waren es!«, rief sie, »Sie haben Antonio getötet! Sie haben ihn einfach erschossen! Den Mann, den ich über alles liebte! Mein ganzes Glück! Sie Mörder!« Die Dame war die Witwe des Kommandanten, den ich erschossen habe.

Es ist eine traurige Geschichte, aber wissen Sie was? Es ist eben nicht nur eine Geschichte. Es ist die Wirklichkeit! Es ist das Leben! Denn das ist doch die Wirklichkeit: das Leben. Das Leben mit all seinem Leid und seinen Freuden, seinen Berührungen und Entbehrungen, seiner Traurigkeit und seinen Gerüchen, mit seiner Fülle. Die Wirklichkeit, das habe ich gelernt, ist das Leben selbst. Die Wirklichkeit ist das wahre Leben! Sie ist ein Fest, eine Arie!« Während der Taxifahrer sprach, beschlich den sehnsüchtigen Bankier das Gefühl, nicht vorhanden sein. Als sei er gar nicht auf der Welt. Als spielte er nicht mit. Als *dächte* er bloß und existierte darum gerade *nicht*. Von wegen, ich denke also bin ich. Blöder Descartes! Jetzt wandte der Taxifahrer den Kopf, sah ihn an. Er war also noch da.

»Und Sie?« fragte der Taxifahrer, »jetzt sind Sie dran. Was ist die Geschichte Ihres Lebens?«

»Die Geschichte meines Lebens?« wiederholte der sehnsüchtige Bankier. Es gibt keine, dachte er, keine, die sich erzählen ließe. »Ich bin Banker«, hörte er sich jetzt sagen, »ich bin im Vorstand einer internationalen Bank. Ich lebe also in der skrupellosen Welt der Zahlen und der Geschäfte, der Politik und der Macht.« Es gelang dem sehnsüchtigen Bankier, seinen Worten einen hörbar lustvollen Unterton zu geben. Es gefiel ihm, sich in das Klischee zu hüllen. Als hätte er dem Taxifahrer etwas entgegen zu halten. Zugleich erinnerte er sich daran, dass es ja tatsächlich so war. Es war sein Leben, Banker zu sein. Jeder, der ihn kannte, würde das bestätigen. Er *war* Banker. Mit allem, was dazu gehörte. Ein sehr erfolgreicher Banker sogar. »Ich darf sagen, dass ich ein ziemlich erfolgreicher Banker bin«, fuhr er fort, »ich habe einen Chauffeur, 6.000 Mitarbeiter und bin in der ganzen Welt unterwegs.«

»Mit dem Taxi!«, rief der Taxifahrer und lachte.

»Normalerweise nicht mit dem Taxi. Aber gerade ist nicht normalerweise.«

»Aha.«

»Ich habe mich von meiner Frau getrennt. Nach zwanzig Jahren. Und meine Geliebte hat mich rausgeschmissen.«

»Ah, zwei unglückliche Frauen!« rief der Taxifahrer, »zwei unglückliche Frauen und der Banker, der beide unglücklich gemacht hat, fährt tausende Kilometer mit einem Taxi und hat kein Gepäck außer einer rosa Handtasche!«

Das ist nicht mein Gepäck, dachte der sehnsüchtige Bankier. Die Tasche lag ja schon hier. Aber es ist doch mein Gepäck, denn die Tasche lag *für mich* hier. Dem sehnsüchtigen Bankier war durchaus klar, dass er auf den Taxifahrer einen wunderlichen Eindruck machen musste. Er brauchte eine Erklärung. Nur bewegte er sich außerhalb dessen, was zwischen ihm und dem Taxifahrer erklärbar war. Er brauchte eine Erklärung, die ins Bild passte.

»Wissen Sie«, sagte der sehnsüchtige Bankier, »ich bin sehr wohlhabend und ich arbeite viel dafür. Sehr viel sogar. Aber wenn ich einmal nicht arbeite, dann *habe* ich nicht nur frei, dann *bin* ich frei. Dann pfeife ich auf alles und tue, wonach mir der Sinn steht. Ich kann jeder beliebigen Laune folgen.«

»Ihrer Laune? Und Sie pfeifen auf alles?« Der Taxifahrer schmunzelte amüsiert Richtung Windschutzscheibe. »Ein anarchistischer Bankier. Soso. Aber was verstehe ich von Bankern? Vielleicht sind Sie auch nur ein Verlorener.«

Kapitel IV
Schlussarie

In Italien fuhr das Taxi in künstlichem Licht glitzernd um mehrere Ecken und hielt vor einem heruntergekommenen Gebäude, auf das vor vielen Jahren jemand mit roter Farbe das Wort »Grand Hotel« gepinselt hatte. Der sehnsüchtige Bankier stieg aus und während er noch die Fassade des Hauses betrachtete, fuhr das Taxi hinter seinem Rücken davon. Eine Absteige, dachte der sehnsüchtige Bankier, wenn dieses Hotel überhaupt einmal große Zeiten erlebt hatte, waren sie lange vorbei. Ein allein reisender Herr, der als Gepäck nichts als eine rosa Handtasche mit einer goldenen Schnalle bei sich trug, würde hier wohl kaum Aufsehen erregen. Der Portier gab dem sehnsüchtigen Bankier denn auch mit routiniertem Desinteresse den Schlüssel Nr. 5. Als der sehnsüchtige Bankier die Tür zu seinem Zimmer aufstieß, schlug ihm der schwere Duft unzähliger Parfums wie Kadavergeruch entgegen. Er riss das Fenster auf, das zu einem Innenhof hinaus ging. Eine Katze schrie, gegenüber erlosch ein Licht.
Der sehnsüchtige Bankier stellte die rosa Handtasche auf einen zierlichen Frisiertisch, ließ sich in einen abgewetzten Fauteuil fallen und schaute sich im Zimmer um. Von der Decke, von der Stuck und Putz gebröckelt waren, hing ein Kronleuchter herab, dem zwei Arme fehlten,

Vorhänge hingen zerrissen und bleich neben dem Fenster, die Tapete war von rötlichen Flüssigkeiten fleckig. Das Bett stand müdegevögelt und wie für die Ewigkeit da. Was mochte in diesem Zimmer alles geschehen sein? Wie viel Geld war geflossen? Was hatte man begossen? Wen erschossen? Der sehnsüchtige Bankier malte sich aus, in welchen Stellungen und mit welchen Geräuschen auf diesem Bett Liebe gemacht worden war. Männer mit Frauen, gekauft und gefühlt, heulend und lachend, besoffen, erbrechend, einsam, mit langen Fingernägeln Rückenhaut zerkratzend, schreiend. Hier in diesem Zimmer, dachte der sehnsüchtige Bankier, wird die Liebe gemacht. Hier wird sie hergestellt. Hier wird die Liebe produziert und in alle Welt exportiert. Darum ist sie auch meistens so unglücklich. Ein ziemlich alberner Gedanke. War aber auch nur so dahin gedacht, denn eigentlich beschäftigte den sehnsüchtigen Bankier schon etwas ganz anderes. Etwas, das ihm Unbehagen bereitete.

Er schaute auf die rosa Handtasche. Der Spiegel über dem Frisiertisch war halb blind, aber es genügte, dass der sehnsüchtige Bankier die Handtasche zweimal sah. Einmal so wie er sie abgestellt hatte – ledern, blassrosa, wartend, dass er sie mit sich nehme – und einmal im Spiegel, schimmernd nur wie ein Echo und unerreichbar. Es war die Tasche im Spiegel, die den sehnsüchtigen Bankier irritierte. Was, wenn nicht die Tasche auf dem Tischchen jene aus seinem Traum war, sondern die im Spiegel?

Aber nein, es war doch nur ein Spiegelbild! Und war nicht die Tatsache, dass die rosa Handtasche ganz real in dem ebenso realen Taxi gelegen hatte und nun ganz real vor dem Spiegel in diesem zweifellos realen Hotelzimmer stand, der Beweis dafür, dass sein Traum nun Wirklichkeit wurde? Er würde die Frau finden, die an Baudelaire vorübergegangen war. Wer immer sie war. Jetzt würde er seinen Traum leben. Jetzt, da die Wirklichkeit sich ihm anbot, würde er sich der *Verwirklichung hingeben*! Sie suchen, die Frau, die an Baudelaire vorübergegangen war, überall suchen! Suchen! Suchen! Was hast du zu verlieren? Geh und such sie! Geh und finde sie! Worauf wartest du? Geh! Geh jetzt! Der sehnsüchtige Bankier nahm einen Aschenbecher und warf ihn in den Spiegel, dass klirrend das jenseitige Traumbild verschwand, griff nach der wirklichen Tasche und eilte aus Zimmer und Hotel.

Das Hotel lag in einem baufälligen Viertel aus engen Gassen, durch die der sehnsüchtige Bankier nun irrte. Er ärgerte sich, dass er dem Rat des Taxifahrers gefolgt war, wegen seines exzentrischen Erscheinungsbildes ein Hotel in dieser Gegend zu nehmen. Er gehörte hier nicht hin. Alles war fremd und düster. Als er einen kleinen Platz überquerte, riefen Männer ihm lachend etwas hinterher, was er nicht verstand. Das Lachen klang sonderbar. Fast schienen sie zu singen. Wie ein Chor! Sie sangen ihm nach! Was soll das bedeuten, fragte sich der sehnsüchtige Bankier, als ihn plötzlich jemand von hinten heftig anstieß, dass er stolperte, fiel. Eine junge Frau rannte davon. Barfüßig. Die Handtasche! Sie hatte die Handtasche! Eine Diebin! Der Chor lachte. Der sehnsüchtige Bankier stürzte der Frau hinterher, Chorgelächter in den Ohren. Was sollte das? Sie war die Falsche! Die Diebin rannte in einen Hauseingang. Da hatte er sie.

»Geben Sie die Tasche her!« keuchte der sehnsüchtige Bankier.

Am ganzen Körper bebend schüttelte sie den Kopf.

»Geben Sie sie her! Es ist nicht Ihre Tasche. Sie sind die Falsche! Her damit!«

Die Frau, vielleicht Anfang zwanzig, ärmlich, schmuddelig gekleidet, das Haar filzig, hielt die Tasche eng umklammert. So leicht würde sie ihr Diebesgut nicht hergeben.

»Nein!«, rief sie, »die Tasche gehört mir. Ich habe sie im Taxi liegenlassen. Es ist meine!«

Hatte sie das wirklich gerufen? Der sehnsüchtige Bankier verstand kein Wort, aber ihm war es so vorgekommen, als hätte sie genau das gerufen. Eine Frechheit! Unverschämte Diebin! Sie war nicht die Frau, die er suchte. Sie war die Falsche! Sie verkörperte nichts, was in ihm war. Eine Störerin! Er würde sich die Tasche zurückholen und wenn er sich dafür mit ihr prügeln musste! Der sehnsüchtige Bankier trat auf die Diebin zu, holte aus, sie zu ohrfeigen, als ein überwältigender Schmerz ihn durchfuhr. Die Luft blieb ihm weg. Fassungslos schaute er der Wildfremden ins Gesicht, dann folgte er ihrem sich senkenden Blick. Ihre Hand. Sie hielt eine Scherbe in der Hand, eine bunte Scherbe, eine bunte, lange, blutverschmierte Scherbe.

»Mein Gott! Was tat ich?« rief die Diebin etwas theatralisch. Dem sehnsüchtigen Bankier wurde schwindelig. Die Knie knickten ihm ein. Die Männer lachten oder sangen oder was auch immer, schienen ganz nah. Der sehnsüchtige Bankier versuchte, sich auf die Stufen des Hauseingangs zu setzen, aber er kippte weg, aufs Trottoir, die Wange auf dem rauen Stein. Das war es also, dachte der sehnsüchtige Bankier. Hier hört alles auf. Der Traum, das Leben. Die Wirklichkeit. Hier in der Fremde. Auf diesen Pflastersteinen. An diesem Ort, der nicht in mein Leben gehört, zu Füßen dieser Diebin, die nicht in mein Leben gehört. Sie ist die Falsche, das Leben ist das Falsche und der Tod ist auch der Falsche!

Inzwischen hatten die Männer den Ernst der Lage begriffen. Sie versammelten sich um den sehnsüchtigen Bankier, beugten sich über ihn, befühlten dieses, kommentierten jenes in ihrer chorhaften Art. Dann aber wichen sie wie ein Schwarm von dem Sterbenden zurück und gaben so wieder den Blick auf die Diebin frei. Sie, deren größter Wunsch es war, Opernsängerin zu werden, trat jetzt, da die Männer vor ihr zur Seite schritten, mit dem zerknitterten Blatt in der Hand die Stufen des Eingangs hinab, kauerte sich neben den sehnsüchtigen und nun sterbenden Bankier und begann, jene Arie zu singen, deren Text auf dem Blatt zu lesen war: Die Arie der Wahnsinnigen, die, von metaphysischem Hunger getrieben, Fischaugen verschlingt, damit endlich ihr Innerstes gesehen und sie aus der ewigen Einsamkeit befreit werde. Der sehnsüchtige Bankier hörte die Töne, hörte die Worte, die sich leidenschaftlich, fremd und schief in seinem Kopf ausbreiteten, bis sie seinen Geist vollständig übertönten und sein Bewusstsein nichts mehr war als der fremdsprachige Gesang der Diebin. Sie aber beugte ich in dramatischem Finale über den Toten und, als ihr Gesang ganz in Schluchzen überging,

fiel der Vorhang.

(* siehe Seite 81)
AUF EINE DIE VORÜBERGING

Es brüllte um mich her der Straße Toben
Und schlank, in tiefer Trauer, stolzes Leid,
Ging eine Frau vorüber, deren Kleid
Die Hände wiegend an den Säumen hoben,

Mit leichtem Schritt und Adel eines Bildes.
Verkrümmter Narr wollt ich aus ihren Augen
– Mit Stürmen schwangern fahlen Himmeln – saugen
Die Lust, die tötet, und verzaubernd Mildes.

Ein Blitz … dann Nacht! – O flüchtige Helligkeit,
Durch deren Blick sich neu mir hob die Brust,
Seh ich dich nicht mehr vor der Ewigkeit?

Wo anders, weit von hier! zu spät! wohl nie:
Ich weiß nicht, wohin du gehst, du nicht, wohin ich flieh …
Dich hätte ich geliebt und du hast es gewußt!

Charles Baudelaire

Quelle: Charles Baudelaire, Die Blumen des Bösen. Übertragen von Carlo Schmid. Vollständige Ausgabe. Insel Verlag, Frankfurt am Main 1976, S. 140.

CAFÉ MERIDIAN

Comic in vier Akten

Erster Akt

Der Beamte hatte es nicht geglaubt. Was er denn mit ihr machen solle, wenn sie gar keine Papiere habe, hatte er gefragt. Wie sie denn heiße? Your name? Und da hatte sie sich mit einer Hand an den Hals gefasst und den erstbesten Namen angegeben, der ihr durch den Kopf ging. Zu ihrer eigenen Überraschung war es nicht ihr Name. Es war der Name einer Romanfigur, der ihr gerade einfiel. Von diesem deutschen Schriftsteller aus dem 19. Jahrhundert. Effi. Effi Briest. Der Beamte hatte die Stirn gerunzelt und zugleich gelächelt. »Effi Briest?« hatte er gefragt und sie hatte heftig genickt und den Namen buchstabiert. »Ok, Effi Briest also«, hatte der Beamte gesagt und, noch immer unbegreiflich lächelnd, den Namen in ein Formular eingetragen. Es hatte funktioniert. Jetzt stand der Name in einem Ausweis, mit dem Effi jedem zeigen konnte, wer sie war.

Zuweilen betrachtete sie sich in ihrem Spiegel und sagte »Effi«. Sie war nun keine angehende Literaturwissenschaftlerin aus Damaskus mehr, sondern ein Kellnerin in einem fernen Land. Sie hatte einen Spiegel, ein Zimmer, ein Bett und einen Tisch und ein paar Sachen hingen in einem Schrank. Die Kellnerin fasste sich genauso gern an ihren nackten, schmalen Hals wie die Studentin es getan hatte. Abends holte sie ihren Koffer vom Schrank und öffnete ihn. Er war nun leer und doch war er nicht leer. Aus dem goldfarbenen Satin, mit dem der Koffer ausgeschlagen war, kam ihr blass der Duft der Heimat entgegen. Effi legte dann ihren Kopf in den Koffer und weinte still. Sie wusste, dass jedes Mal etwas von zu Hause verflog, von der Sandfarbe der Häuser, von der Süße des Tees, von Mutters eleganten Tüchern, von Vaters altem Peugeot, von den Festessen mit Onkeln und Tanten, Cousins und Cousinen, von den lauten Stimmen, von der Zukunft in Kaffeetassen ...

Vor Jahren hatten sich vor der Zitadelle zwei Jungs um sie geprügelt und es drohte, übel zu enden, bis sie, die in den Sohn eines Fabrikbesitzers verknallt war, vielleicht auch nur in dessen Sportwagen, laut gerufen hatte »hört auf, ich will euch beide nicht!« Später war sie auf heimlicher Spritztour mit Vaters Peugeot in eine Hecke gefahren, wer ahnte denn schon, dass Autofahren schwierig sein könnte? Die Mutter gestand es dem Vater als eigenes Missgeschick, sie sei abgelenkt gewesen, was der Vater nicht glaubte, die Mutter war noch nie irgendwo gegengefahren, aber Effi, die damals noch nicht Effi war, hatte im Nachbarzimmer erleichtert die Augen geschlossen. Du bist so schön, hatte der Vater ihr einst gesagt, dass ich mir immer Sorgen mache. Wenn Effi ihren Kopf in den Koffer legte, vermisste sie ihren Vater, ihre Mutter, die beiden Jungs, vermisste den Sportwagen, sie vermisste das Mädchen, das noch nicht Effi hieß. Dann wünschte sie sich, vom zuklappenden Koffer guillotiniert zu werden und so für immer im vergangenen Glück geborgen zu sein.

Morgens stand Effi am offenen Fenster und versuchte, die Straße zu verstehen, die vor ihr lag. Es wunderte sie, dass sich die Dinge, wenn man genauer hinsah, ständig zu vereinzeln drohten. Als seien sie nicht sicher, ob sie sich wirklich am richtigen Platz befänden. Da stand ein Auto halb auf dem Trottoir, halb auf der Straße und der Bordstein führte unter ihm her auf eine Frau zu, die sich einem Schaufenster zuwandte. Eine Markise senkte sich vor den Eingang eines kleinen Ladens, vor dem sich ein Parkverbotsschild befand. Gegenüber standen schwarze Pfosten entlang der Straße auf einem hellen Gehweg, aber sie standen dort, als fehlte ihnen die Disziplin. Jeder schien seine eigene Richtung zu haben. Jede Markise hatte ihre eigene Schräge. Was wusste das Fallrohr dort von dem ungleichmäßigen und kaum sichtbaren Bogen, den die weißen Striche der Mittellinie der Straße machten bis dort hinten zur Kreuzung, wo eine Ampel umsprang, ohne dass jemand in der Nähe war? Als könne das Fallrohr jederzeit davonschreiten und die Fassade bliebe gleichgültig zurück. Selbst die Balkone in den Fassaden schienen achtlos und jeder für sich nebeneinander zu stehen. Dort ein Stuhl, der zur Straße gerichtet stand, dort Blumen auf einem kleinen Tisch, dort ein Mann, der im Stehen Zeitung las. Alles schien, als könnte es auch ganz anders sein. Ein Stromkabel lief quer über eine Fassade, darunter vier junge Leute, die lachten. Es gab keinen Zusammenhang zwischen dem Kabel und den jungen Leuten, keinen Zusammenhang zwischen dem Lachen der jungen Leute und dem hellen Stein des Trottoirs. Keinen zwischen der Schräge, mit der das Auto über dem Bordstein parkte und dem Blau des Himmels. Zwischen dem Geräusch vorbeifahrender Autos und den Rechtecken der Fensterrahmen. Zwischen den Spiegelungen in den einzelnen Fenstern. Keinen Zusammenhang zwischen meiner Hand an dem kühlen Fenstergriff und jenem Mann dort, der jeden Morgen um diese Zeit auf seinem Balkon Zeitung liest. Zuweilen hörte Effi von irgendwoher, vielleicht aus der Jackentasche eines Passanten, das vertraute Klingeln eines Mobiltelefons. Dann lauschte sie mit unsichtbarem Lächeln, staunend, dass es tausende Kilometer entfernt dieselben Töne waren. Und eines Tages stellte sie sich vor, es sei ihr Telefon, das klingelte, und der Mann, der dort auf dem Balkon im Stehen Zeitung las, spräche zu ihr.

Effi begann, sich über den Mann, der auf seinem Balkon Zeitung las, Gedanken zu machen. Sie schätzte ihn auf Anfang vierzig. Sicher jünger als der Cafébesitzer. Der war bestimmt schon fünfzig oder sechzig. Der Mann wirkte groß und schlank auf seinem kleinen Balkon. Immer trug er einen dunkelblauen Anzug. Das gefiel Effi. Sie fragte sich, ob der Mann die Brille nur zum Lesen brauchte. Was hatte er für einen Beruf? Journalist vielleicht. Effi fragte sich, ob Journalisten in diesem Land auf Balkonen standen und Zeitung lasen. Nein, kein Journalist. Vielleicht Anwalt. Einer, der sich für die Rechte anderer einsetzte und morgens auf dem Balkon wissen wollte, was in der Welt passierte. Effi zuckte die Achseln. Wie sollte man auf die Entfernung einem Mann, der Zeitung las, ansehen, was er von Beruf war? Warum las er überhaupt Zeitung? Warum las er Nachrichten vom Vortag? Es gab doch Tablets! Also gut, der Mann, der morgens im Anzug auf seinem Balkon Zeitung las, war wahrscheinlich etwas altmodisch. Der Mann, der auf dem Balkon Zeitung las, war altmodisch aber weltoffen. Sonst würde er drinnen Zeitung lesen. Vielleicht ein Träumer. Vielleicht ein Dichter… Nein, dann stünde er auf dem Balkon aber ohne Zeitung. Banker war er auch nicht. Erstens, weil er altmodisch war, und zweitens, weil er dann nicht hinter dieser verfallenen Fassade wohnen würde, sondern hinter der sanierten nebenan. Vielleicht tut er auch nur so vornehm in seinem Anzug und in Wahrheit hat er überhaupt nur einen Anzug und der ist schon Jahre alt und ganz abgewetzt und er trägt ihn auch nur morgens zwischen acht und halb neun, um der Welt das Schauspiel eines Mannes, der auf einem Balkon Zeitung liest, zu bieten. Um *mir* dieses Schauspiel zu bieten, dachte Effi und jetzt spannte sie ihre blassroten Lippen zu einem sichtbaren Lächeln, das aber ungesehen blieb, weil niemand Effi beachtete.

Es tat Effi gut, Sätze zu denken, über die sie sich amüsieren konnte. Leicht Dahingedachtes. Albernes. Als stünde eine Freundin neben ihr, mit der sie gemeinsam kicherte. Trug der Mann zu seinem Anzug vielleicht Pantoffeln? Vielleicht las der Mann auch auf dem Balkon seine Zeitung, weil es drinnen zu laut war? Vielleicht telefonierte seine Frau morgens um diese Zeit mit ihrer Mutter und er floh vor dem Gerede? Effi dachte an die Frau des Cafébesitzers. Eine merkwürdige Person. Sie passte überhaupt nicht zum Cafébesitzer. Dieses glamouröse Getue. Sie war irgendwie immer zu viel. Und er, der Cafébesitzer, war immer still. Er war sehr freundlich und sehr hilfsbereit, er hatte Effi schon oft geholfen, vor allem bei Behördenkram oder als sie diese Zahnschmerzen hatte. Und natürlich vor allem, in dem er ihr die Stelle als Kellnerin gegeben hatte. Aber was seine Frau zu viel war, war er zu wenig. Seine Einsamkeit war zuweilen unheimlich. Als er da plötzlich vor ihr gestanden hatte. Er wolle ihr etwas zeigen, etwas sehr Schönes, ein Geheimnis! Er hatte sie vor die großen, halbblinden Spiegel des Cafés geführt. »Schauen Sie«, hatte er gesagt, »schauen Sie und sagen Sie mir, was Sie sehen.« »Ich sehe Spiegelbild von Café. Nicht deutlich, die Spiegel ist sehr alte.« »Sie irren sich«, hatte der Cafébesitzer geantwortet, »Sie sehen nicht das unklare Spiegelbild des Cafés. Das unklare, seitenverkehrte Abbild sind wir, die wir hier stehen. Was Sie dort sehen, was Sie ahnen können, ist das wirkliche, das wahre Café. Das wahre Café Meridian. Der Ort der Geschichten, der Grenzenlosigkeit, der Liebe und der Leidenschaft. Wirklichkeit und Spiegelwelt sind vertauscht. Das ist das Geheimnis des Café Meridian. Darin liegt der Zauber dieses Ortes. Schauen Sie sich selbst an. Hier in unserer Welt sind Sie eine Geflüchtete aber dort, sehen Sie nur, dort, in Wirklichkeit, sind Sie ein wunderschöner Engel aus dem Orient!« Effi hatte nicht wirklich verstanden, wovon der Cafébesitzer gesprochen hatte, aber sein Gerede von Spiegeln und Engeln und Geheimnissen war ihr nicht geheuer gewesen. Sie wollte nicht für einen wunderschönen Engel aus dem Orient gehalten werden. Nicht vom Cafébesitzer. Vielleicht von dem Mann, der dort auf dem Balkon Zeitung las …

Einige Tage betrachtete Effi jeden Morgen den Zeitung lesenden Mann auf dem Balkon. Sie nannte es die »Erscheinung«. Die Erscheinung dauerte jedes Mal ungefähr zehn Minuten. Dann faltete der Mann seine Zeitung zusammen, wandte sich um und verschwand in der

Fassade. Einen Augenblick später sah die Straße aus, als wäre er nie da gewesen. Nein, widersprach Effi sich, im Gegenteil! Seit sie den Mann auf dem Balkon entdeckt hatte, sah die Straße immer aus, als wäre er da! Auch wenn er nicht da war, denn die Straße war nun die Straße mit dem Mann, der morgens auf dem Balkon Zeitung las. Sie war ohne diesen Mann gar nicht mehr denkbar! Auf diese Weise hatte der Mann, der morgens auf dem Balkon im Stehen Zeitung las, tatsächlich Ordnung in den Anblick der Straße gebracht und Effi hatte zum ersten Mal das Gefühl, die neue Welt aus ihrem eigenen Blickwinkel betrachten zu können. Aus einem Blickwinkel, der ihr gefiel.

Der Mann, der auf seinem Balkon Zeitung las, hatte keine Ahnung, dass er durch seine Anwesenheit auf dem Balkon Ordnung in der Welt schaffte. Er wusste nichts davon, dass eine Frau unter dem falschen Namen Effi Briest aus einem Fenster sah. Er hatte beschlossen, in die Oper zu gehen. Er las die Zeitung auf dem Balkon, weil er die morgendlichen Geräusche der Straße liebte. Das Schlagen von Autotüren, die Geräusche der Motoren, die Absätze der Frauen, die lauten Stimmen der Kinder. Vielleicht, wenn Effi das Fenster geöffnet und ihn gerufen hätte. Aber so stand er auf seinem Balkon, las von arabischen Bürgerkriegen, von rechten Aufmärschen, von Forderungen, die Grenzen zu schließen, las den Vorbericht über die Uraufführung der Oper »Der letzte Schrei« und beschloss, sich Karten für die Premiere zu besorgen für sich und … er wusste es noch nicht. Natürlich studierte er die Fußballergebnisse, Real hatte gegen Barcelona verloren, wenn die gegeneinander spielten, stand es wohl in allen Zeitungen der Welt, dachte der Mann auf seinem Balkon. Aber Moment! Er blätterte ein paar Seiten zurück. Auf einem Foto waren in einiger Entfernung Männer zu sehen, die zu einem Graben geführt wurden. Einer der Männer, die vielleicht noch zwei, drei Minuten zu leben hatten, trug ein rotes Trikot mit einer hellen Sieben. Er ging da lang, als könnte er auch weglaufen. Eine helle Sieben und darüber ein Name. Schwer zu entziffern, das Bild war unscharf, der Mann weit weg, aber doch für den Mann auf dem Balkon klar und deutlich: Ronaldo … Ein Auto hupte, eine Männerstimme schimpfte und zwei Mädchen unterbrachen ihren Gesang. Der Mann auf dem Balkon schaute auf seine Uhr. Ich muss los, dachte er, dieser Kundentermin. Ich muss heute pünktlich um neun in der Agentur sein. Er faltete die Zeitung zusammen und wandte sich von der Straße ab.

Der Mann, der auf dem Balkon Zeitung las, las zwar auf seinem Balkon in der Zeitung die Ereignisse vom Vortag, aber er wusste nicht, wie man in die Zukunft blickte. Er hätte Effi fragen können. Sie und ihre Freundinnen hatten sich früher unter Gelächter und manchmal auch Tränen die Zukunft aus dem Bodensatz arabischen Kaffees vorhergesagt. Wahrscheinlich hätte Effi dem Mann auf dem Balkon prophezeit, dass sich sein Leben ändern würde. Wie ändern?, hätte er gefragt. Aber da wäre Effi sehr vage geblieben. Dass er schon eine halbe Stunde später seinen Job in der Agentur kündigen, später in einem Anflug von Euphorie italienische Opernarien hören und am Nachmittag im Café Meridian sogar Effi begegnen würde, stünde so konkret nicht in der Tasse. Kurz nach neun aber redete der erwartete Kunde, ein schlanker, schneidiger Mittvierziger mit gewölbten Wangen und hoher Stirn, der sich mit Harry Fitz vorgestellt hatte, auf den Agenturchef und den Mann vom Balkon ein wie jemand, der eine sehr genaue Vorstellung von der Zukunft hat.

»Nun«, sagte er, »wir haben ja bereits darüber gesprochen. Sie wissen, worum es geht. Die Frage ist, ob Sie das können. Es darf nicht bloß irgendeine Kampagne sein, es muss *die* Kampagne sein. Die sozialen Medien beherrschen wir. Ich brauche von Ihnen die etablierte Öffentlichkeit. Fernsehen, Radio, die großen Tageszeitungen. Interviews, Talkshows, landesweite Plakatierungen. Das volle Programm. Omnipräsenz. So lange wie nötig. Geld spielt keine Rolle. Trauen Sie sich das zu?«

»Was soll das für eine Kampagne werden?«, fragte der Mann vom Balkon.

»Oh, verzeihen Sie«, sagte nun der Agenturchef, »ich hatte noch keine Gelegenheit, meinen Kollegen ...«

»Eine Kampagne«, unterbrach ihn der Kunde zum Mann vom Balkon gewandt, »für die Zukunft unseres Landes. Eine Kampagne, mit der wir den Aufstand vorbereiten. Gegen die Demokratie der Eliten, gegen die schleichende Verfremdung und gegen alles, was bei drei nicht zurück auf den Bäumen ist! Eine Kampagne, die am Ende das Volk überzeugt, dass Terror gegen das Volk vom Volk selbst besiegt werden muss!«

Nach diesen Worten des Kunden verzögerte der Mann vom Balkon für einen Moment den Gang der Dinge. Er war dran, etwas zu sagen, aber es kam nichts. Als hätte er seinen Text vergessen. Er schaute den Kunden an, dessen harmlos gewölbte Wangen nicht zum flackrigen Grau seiner Augen passten, schaute zum Agenturchef, der ihn unter seinen wirren Brauen mit besonderer Liebenswürdigkeit anlächelte. Was war hier los? Woher kennen die sich? Der Mann vom Balkon spürte, wie sein Schweigen allmählich zu stören begann. Der Kunde blickte zum Agenturchef, seine hohe Stirn sorgsam gefaltet. Das hat der geübt, dachte der Mann, der so gern auf dem Balkon Zeitung las. Der Agenturchef aber wusste, was sich gehörte, er räusperte sich und nahm alle Verlegenheit auf sich: »Also mit diesen Worten würde ich es nicht sagen«, begann er, »aber es kann ja auch mit unserer Gesellschaft so nicht weitergehen. Das siehst du doch auch so. Wie oft haben wir von der Revolution gesprochen! Jetzt wird sie kommen! Herr Fitz wird, das darf ich doch sagen?, schon bald die Rolle des Sprechers der Aufrechts-Bewegung übernehmen. Wir haben die Möglichkeit, die einzigartige Möglichkeit, an zentraler Stelle die Ereignisse mit zu gestalten. Wir können dafür sorgen, dass die Grundsätze der Humanität gewahrt bleiben. Und nebenbei hat die Agentur bis auf weiteres ausgesorgt. Ist das vielleicht nichts?«

Endlich begriff der Mann vom Balkon, dass der Agenturchef auf der anderen Seite stand. Er konnte es nicht fassen. Plötzlich standen nicht mehr nur die andern auf der anderen Seite. Der Agenturchef! Mit dem er nächtelang die Köpfe zusammengesteckt, die wildesten Kampagnen entworfen hatte, sie hatten gestritten, hatten gesoffen, gelacht, waren sich manchmal wie Genies vorgekommen, manchmal wie Trottel und manchmal waren sie eingeschlafen. Hier in diesem Raum! Der Mann vom Balkon hätte es für topografisch unmöglich gehalten, dass dieser Raum sich einmal auf der falschen Seite der Gesellschaft befinden könnte. Aber jetzt war es so. Und es war entschieden. Mit anderen Worten: Er gehörte hier nicht mehr hin. Es war nicht mehr sein Ort. Aus. Vorbei. Endlich fiel ihm sein Text ein. Der Mann, der so gern morgens auf dem Balkon Zeitung las, erhob sich, schaute den Agenturchef an, ohne schon ganz zu glauben, was er wusste, und sagte: »Ohne mich.«

»Fernando!«, rief ihm sein Chef hinterher, »Fernando!«

Als er auf der Straße stand, spürte Fernando, so hieß er

also, sogleich die Freiheit, die er sich genommen hatte. Er hatte nein gesagt und damit gefiel er sich. Beliebig schlenderte er durch die Straßen, stundenlang, schaute in Auslagen, auf Modeplakate, sah Fußgänger stumm an Ampeln warten, ein kleiner Hund pinkelte am Ende einer gespannten Leine gegen eine Kaufhausecke. Passantinnen kamen Fernando entgegen, als träte jeden Moment etwas ein. Zugleich spürte er, dass er ganz für sich war. Wie unsichtbar. Gar nichts würde geschehen. Wie sollte sich etwas ereignen, wenn es ihn nicht gab? Er lächelte. Er hatte eine Idee, was er tun könnte. Er fuhr nach Hause, holte aus einem alten Kleiderschrank seinen Beamer, der auf einem Stativ befestigt war, stellte ihn auf den Balkon und verkabelte den Beamer mit seinem DVD Player. Er suchte eine DVD heraus – ein Konzertabend mit Maria Callas - legte sie ein, drückte auf Start und trat auf den Balkon. Es war Mittag. Um diese Zeit hatte er noch nie auf dem Balkon gestanden. Und schon gar nicht dabei Verdi und Puccini gehört. Auch das war Freiheit. Auf diese Straße zu blicken und Maria Callas zu hören. Die Straße zu einer Kulisse des Belcanto zu machen! Natürlich sah man in der Mittagssonne nicht die Projektion der singenden Maria Callas auf die gegenüberliegende Hausfassade mit ihren grünen Fensterläden. Das heißt, nur der konnte sie sehen, der wusste, dass sie da war. Nur er. Nur Fernando.

Fernando genoss seine unsichtbare Macht. Als würde durch ihn die ganze Welt zur Opernkulisse. Sein Innerstes war eingehüllt ins 19. Jahrhundert, in die Arien aus La Traviata, Norma oder La Bohème wie in das Kostüm eines Fürsten. Jetzt war er ganz er selbst, als projiziere er sich selbst auf die ganze Welt! Leichten Herzens trat Fernando in seine Wohnung zurück, küsste im Vorbeigehen die Ausgabe von Baudelaires Fleurs du Mal, die auf seinem Esstisch lag, und verließ das Haus, entschlossen, seine Selbstverzauberung bis zur Neige auszukosten.

Fernando nahm die Straßenbahn ins Zentrum und kaufte an der Oper zwei Karten für die Premiere von »Der letzte Schrei« am folgenden Abend, für sich und für …, er wusste noch immer nicht, für wen. Als er wieder auf der Straße stand, hatte er Lust, in ein Café zu gehen. Den Bohemien zu spielen. In einer Seitenstraße nicht weit von der Oper lag das berühmte Café Meridian. Vor hundertfünfzig Jahren hatte dort ein Anarchist den Premierminister erschossen und so das Café zu einer Legende gemacht. Seitdem trafen sich im Meridian die Damen und Herren der Kunst, der Halbwelt und der Politik, soweit die auseinanderzuhalten waren, Gestrandete und Touristen, um sich an der Aura des Hauses zu besaufen. Das war jetzt der richtige Ort für Fernando!

Er betrat das Café und suchte sich einen runden Tisch neben einer eckigen Säule. Geschirr klapperte. Stimmen klangen in mehreren Sprachen durcheinander. Fernando erkannte den berühmten Schachbrettboden des Cafés, auf dessen Fliesen prominente Gäste als Schattenrisse portraitiert waren. Das Meridian war kleiner als Fernando es in Erinnerung hatte. Das passierte ihm oft. Die Welt war in seinem Kopf größer als in Wirklichkeit. Fernando schätzte zwanzig Tische. Helle, runde Marmorplatten auf verzierten, eckigen Holzsockeln. Die Stühle aus demselben Holz wirkten zart und elegant mit ihren fächerförmigen Rückenlehnen. Vielleicht waren sie vor hundertfünfzig Jahren die ersten ihrer Art gewesen. Die hölzerne Theke mit ihren messingeingefassten Glasvitrinen. Alles war alt, alles war früher. Unter der hohen, stuckverzierten und mit verblassten Liebeszenen bemalten Decke hingen drei sich langsam drehende Ventilatoren. Die riesigen Spiegel an den Wänden hatten dem Café wohl einst Größe verliehen. Jetzt erblindeten sie zu schimmernden Flächen und was noch darin zu sehen war, erschien wie ein Anderswo, ein Jenseits, ein Sehnsuchtsort. Verrückt, dachte Fernando, wenn Spiegel erblinden, werden sie sichtbar.

Effi war sich nicht sicher, ob das tatsächlich der Mann war, der morgens auf seinem Balkon Zeitung las. War das überhaupt möglich? Die Männer ähnelten einander in diesem Land. Dieser hatte einen auffälligen Mund. Effi musste sich an einer Stuhllehne abstützen. Ihr Körper war sich der Sache offenbar sicherer als ihr Verstand. Sie atmete ein paar Mal tief durch, dann ging sie zu dem Tisch neben der eckigen Säule. Fernando, noch immer verführerisch als er selbst kostümiert, wandte sich ihr zu und sagte »einen Kaffee bitte«. In diesem Moment entschied Effi – Verstand hin oder her -, dass das tatsächlich der Mann war, den sie auf dem Balkon gesehen, und auf den sie, wie ihr jetzt klar wurde, längst gewartet hatte. Als sie ihm den Kaffee brachte, sagte sie: »Ist leider keine arabisches Kaffee. Kann man nichts Zukunft lesen.« Überrascht schaute Fernando die Kellnerin an und Effi, die Hand an den Nacken gelegt, lächelte, als wüsste sie mehr als er.

Könnten sich zwei Menschen unter besseren Voraussetzungen begegnen? Er war für sie der Mann, der ihr schon aus der Ferne die Welt geordnet hatte, und sie zeigte ihm jenes geheimnisvolle Lächeln, das in seine euphorische Leere fiel wie ein rubinroter Seidenhandschuh. Er bestellte einen zweiten Kaffee, nur damit sie noch einmal käme, und beschloss, am nächsten Tag wiederzukommen und sie zu fragen, ob sie mit ihm in die Oper gehe.

Allerdings trügt der Schein, der hier ein Gleichgewicht der Gefühle vorgaukelt. Effi stand am Morgen zu Hause vor dem Spiegel und sagte zu sich, »Effi« und war glücklich darüber, dass es in diesem fremden Land möglich war, ein Auge auf einen Mann zu werfen, als gäbe es eine Rettung. Fernando aber hatte einen Kater. Sein Gemütsrausch, dieser ganze hohle Überschwang war verflogen wie Parfumduft, war einer leblos dinghaften Nüchternheit gewichen. Er lag im Bett und wusste mit sich und der Welt nichts anzufangen. Er hatte noch nicht einmal Lust, auf dem Balkon seine Zeitung zu lesen. Am Nachmittag raffte er sich auf, um vor der Oper noch ins Café zu gehen. Er wollte die Kellnerin sehen, die wieder ganz aus ihm verschwunden war. Vielleicht würde ihn das wieder ein wenig verzaubern. Aber die Kellnerin war nicht da. Oh, sie war schon da, aber Fernando sah sie nicht mit den Augen von gestern und so war es, als sähe er sie nicht. Vergeblich versuchte er, ihr Lächeln wiederzuerkennen. Jedes Mal, wenn sie an seinen Tisch kam, schaute er sie an, dass sie lächeln musste, und sicher war es dasselbe Lächeln, aber es war ein Lächeln, das von nichts etwas wusste.

Effi aber, die nicht hören konnte, was sich im anderssprachigen Innern des Mannes vom Balkon abspielte, spürte die forschenden Blicke des Mannes und freute sich. Leicht und beschwingt und fast wie im Tanz ging sie zwischen den Tischen. So kam es ihr jedenfalls vor. Tatsächlich bemerkte es niemand. Niemand außer dem Besitzer des Café Meridian. Der stand hinter der Theke und klammerte sich an die Registrierkasse, dass die Knöchel seiner Finger erbleichten. Nie war die arabische Kellnerin so schön gewesen! Er war glücklich, ihr das Geheimnis der Spiegel anvertraut zu haben. Jetzt verband sie etwas, von dem sonst niemand wusste. Als er sich endlich vom Anblick der Kellnerin löste, bemerkte er seine Frau, die in der Tür zur Küche stand und ihn offenbar beobachtet hatte. Wieder einmal war sie zu viel. Aber sie lächelte. Lächelte ihrem Gatten auf dessen emotionalen Abwegen glamourös zu. Sie hatte ohnehin etwas anderes vor. Sie wusste nur noch nicht, mit wem.

Fernando bekam davon nichts mit. Wer weiß, hätte er seinerseits die Frau des Cafébesitzers in der Küchentür entdeckt, hätte er sich vielleicht augenblicklich gewünscht, diese Frau, die einer Hollywoodschauspielerin glich, die zu schön ist für ihre Rolle, mit in die Oper zu nehmen. Oder sonst wohin. Ans andere Ende der Welt, an den Strand, in die Dünen, in ein durchliebtes, italienisches Hotelbett. Aber er sah sie nicht, er bemerkte auch nicht Effis Enttäuschung, als er um die Rechnung bat. Er musste los. Er hatte Karten für die Oper!

Zwischenakt

Am Abend betrat Fernando das klassizistische Foyer des Opernhauses, als würde nichts geschehen. Er liebte diesen Ort, der ihn scheinbar bruchlos mit den verstorbenen Helden des Belcanto verband. Fernando trug noch immer seinen blauen Anzug mit dem weißen Hemd. Der Hemdkragen hing noch immer schief. Er hätte einen schwarzen Anzug angezogen, wenn er nicht allein sondern an der Seite einer eleganten Dame in die Oper gekommen wäre. So war ihm der blaue genug. Zerstreut hielt er seine Eintrittskarten der Kartenabreißerin hin. Die Kartenabreißerin hatte in Montenegro gesehen, wie ihr Mann und ihre 12 und 14 Jahre alten Söhne mit erhobenen Händen durch die Wohnungstür gegangen waren. Kurz darauf hatte sie von der Straße her Schüsse gehört. Sie hatte die Mörder seit Jahren gekannt. Sie hatten sich gegrüßt und zwei oder dreimal zusammen Fußball geguckt. Die Männer. Sie hatten gemeinsam von Zinedine Zidane geschwärmt. Den Namen hatte die Kartenabreißerin all die Jahre behalten, obwohl sie keine Ahnung von Fußball hatte. Aber der Name hatte so schön geklungen, wenn die Männer ihn mit leuchtenden Augen aussprachen. Zinedine Zidane! Manchmal lag die Kartenabreißerin abends im Bett und sagte den Namen laut vor sich hin. Zinedine Zidane! Zinedine Zidane! Zinedine Zidane! So lange, bis sie es nicht mehr ertrug und ihren Schmerz ins Kissen schrie. Jetzt schaute die Kartenabreißerin Fernando fragend an. »Ach so, nein«, sagte Fernando, »ich bin allein, entschuldigen Sie«, und steckte eine Karte wieder ein. Die Kartenabreißerin lächelte freundlich und sagte: »Erster Rang links, Reihe sieben, der Platz ganz außen«, und wandte sich dem nächsten Besucher zu.

Fernando hatte auch von Zidane geschwärmt. Jetzt trat er in den mondänen Saal von rotem Polster und geschwungenen Rängen. Stimmen und Düfte erfüllten den Raum, eine Frau lachte leise in Fernandos Nähe und Gäste zwängten sich entschuldigend an bereits Sitzenden vorüber. Figuren aus Stuck saßen auf schmalen Simsen, die an den Blenden der Ränge entlangliefen. Das hohe Gewölbe zierten goldfarbene Ornamente und üppige Malereien. Vom höchsten Punkt hing ein Kronleuchter herab und ein tiefroter Vorhang wellte sich in lautloser Pracht vor der Bühne.

Ein Platz würde frei bleiben. Der neben Fernando. Fernando überlegte, von wem er sich wünschte, dass er oder besser sie dort säße. Neben ihm, dass die Arme sich leicht berührten. Ihm fiel niemand ein. Nicht die Kellnerin und auch nicht die Frau des Cafébesitzers, von deren Rolle in seinem Leben Fernando noch keine Ahnung hatte. Aus dem Orchestergraben drangen Töne und vermischten sich mit verhaltenem Stimmengewirr. Für einen Augenblick schien es Fernando, Harry Fitz säße nur ein paar Reihen entfernt, aber nein, er hatte sich getäuscht. Der Kronleuchter erlosch, Dunkelheit fiel auf die Sitzreihen. Die Gäste verstummten. Jetzt begannen die Musiker, ihre Instrumente zu stimmen. Ein einzelner Ton, der sich vervielfältigte, aufwallte, wieder versiegte. Als der Dirigent durch den Orchestergraben eilte, brandete Applaus auf.

Fernando wusste hinterher nicht mehr so genau, wie es angefangen hatte. Ein Chor grölender Biedermänner zerstörte mit Hammer und Sichel eine Mauer, während ein Transvestit in Wächteruniform von einem Hochsitz aus in einer schrillen Arie das Ende der Geschichte verkündete. Im Hintergrund waren nahezu das ganze Stück hindurch auf einem Bildschirm Schimpansen zu sehen, die einen Artgenossen totprügelten. Später versammelte sich zwischen den Mauerresten eine vornehme Gesellschaft zu einem Picknick. Man feierte eine Frau in einem blauen Kleid. Die Frau gefiel Fernando. Alle sangen, tanzten und tranken durcheinander und wurden dann von dem Transvestiten vom Hochsitz aus einer nach dem anderen erschossen. Auch die Musiker im Orchestergraben. Nur die Frau im blauen Kleid überlebte und sang eine Sehnsuchtsarie, allein und hustend vor den mordenden Affen und ohne Orchester, das tot im Graben lag.

Im Publikum entstand Unruhe. Einige Gäste drängten bereits zu den Ausgängen hin. Die Kartenabreißerin war sogar überrascht, wie lange die Leute durchhielten. Sie hatte ein bisschen bei den Endproben zugeschaut. Weltuntergänge gab es doch genug. Warum musste man sie auch noch auf die Bühne bringen? Sie hatte bei einer Schulaufführung vor mehr als einem halben Jahrhundert die Julia gespielt und sich dabei wirklich in den Romeo verliebt. Plötzlich war da Wirklichkeit auf der Bühne gewesen. Bis sie gemerkt hatte, dass sie sich in Romeo und nicht in den Darsteller Romeos verliebt hatte. Vielleicht hätte Fernando sich lieber mit der Kartenabreißerin unterhalten sollen. Er hätte sie nach der

Garderobe der Frau im blauen Kleid fragen können, die so schön war und die ihm leid tat, denn kaum hatte sie ihre Sehnsuchtsarie beendet, sprang ein nackter Tenor aus dem Orchestergraben und fiel mit blinkendem Dildo brutal über sie her. Dabei sangen sie ein Liebesduett, das entfernt an das 19. Jahrhundert erinnerte, bis der Transvestit auf seinem Hochsitz das grausige Treiben unterbrach und durch ein Megaphon rief: »und 150 Jahre später ...«

Im selben Moment stürmten Soldaten die Bühne. Der nackte Tenor türmte eilig durch eine Gasse. Die Soldaten kippten die Leichen von der Bühne zu den toten Musikern in den Orchestergraben, führten die Frau ab und ließen ein Klavier zurück. Auftritt die Ministerpräsidentin. Sie setzte sich, die prügelnden Schimpansen im Hintergrund, ans Klavier und sang Tonleitern. Alle zwölf Tonarten. Dann klappte sie den Klavierdeckel zu und verließ mit einem Knicks die Bühne. Gequälte Geräusche im Publikum. »Applaus!« rief der Transvestit, »Applaus für unsere Ministerpräsidentin! Applaus!« Und tatsächlich, ein paar Leute klatschten. »Et maintenant« fuhr der Transvestit fort, »Mesdames et Messieurs, voilà! Das Finale!« Nichts geschah. Er wiederholte, lauter: »Das Finale!«. Immer noch nichts. Da klatschte der Transvestit auf seinem Hochsitz ein paar Mal in die Hände und rief liebevoll ungeduldig in Richtung Nebenbühne: »Kommt, meine Herzchen, euer Auftritt!«

Da endlich verschwanden die Affen von den Bildschirmen und zwölf Latexpuppen sprangen auf die Bühne. Sie tanzten einen Cancan, der Transvestit imitierte dazu die Musik, was nicht schlimmer klang als der Lärm der Musiker, als die noch lebten. Die Puppen sahen in ihren blauen Kleidern alle aus wie die Frau. Bewegt wurden sie von schwarz gewandeten und vermummten Helfern. Fernando hielt den Cancan für den Schluss, den er zwar nicht verstand, der ihn aber doch erleichterte. Plötzlich aber packten die Puppenspieler die Figuren am Schopf und zwangen sie, sich hinzuknien. Dann zogen die Kerle lange Messer aus ihren Gewändern und schnitten ohne Zögern den Frauen die Köpfe ab. Licht aus und Spot an auf den Transvestiten, dessen zu einem stummen Schrei verzerrtes Gesicht im selben Moment übergroß auf den Bildschirmen erschien. Vorhang.

Das ungefähr hatte Fernando später in Erinnerung. Als das Licht im Saal anging, gab es vereinzeltes Klatschen. Viel Stille. Keine Rufe. Die Darsteller kamen nicht zum Applaus an die Rampe, sondern blieben erschossen im Orchestergraben liegen. Auch der Transvestit, der nackte Tenor, die Ministerpräsidentin oder die Frau zeigten sich nicht noch einmal. Als wäre es nicht bloß Theater gewesen. Man erhob sich unschlüssig. Köpfe wurden geschüttelt, Achseln gezuckt. Fernando fühlte sich gerädert. Was für ein Blödsinn, dachte er, und was für ein Chaos! Er mühte sich aus seinem Sitz, atmete durch. Er stellte sich vor, zur Garderobe der Frau zu gehen und sie in die Arme zu nehmen. Oder in ihre Arme zu fallen. Aber natürlich würde sie ihn nur völlig verständnislos ansehen. Oder nicht? Noch immer benommen schritt Fernando eine rote, gebogene Treppe hinab ins Erdgeschoss. Von irgendwo klangen Rufe herüber. Empörte Rufe, Leute schimpften, stöhnten. Andere lachten. Jetzt trat Fernando in das langgezogene Eingangsfoyer.

Platzanweiserinnen, Kellner und andere Mitarbeiter des Hauses standen dort Spalier. Ein makabrer Anblick! Auf silbernen Tabletts boten sie den zum Ausgang strebenden Gästen abgeschnittene Puppenköpfe an! Köpfe der Frau im blauen Kleid… »Bitteschön!«, die alte Kartenabreißerin stand plötzlich neben Fernando. Auch sie hielt ein Tablett in den Händen. »Nehmen Sie! Ein Geschenk des Hauses für die Premierengäste!« Fernando zögerte. Starrte auf den Kopf. Den Kopf der Frau. »Nehmen Sie! Er gehört Ihnen!« Die Kartenabreißerin lächelte vergnügt und streckte Fernando ihr Tablett entgegen. Selten ist der Mensch freier als gegenüber einer Versuchung. Voller Widerstreben und doch aus dem alten Leben schon herausgerissen. Fernando griff nach dem Kopf, drückte ihn sich gegen die Brust und eilte aus der Oper. Als schaute man ihm hinterher.

Zweiter Akt

Die Frau des Cafébesitzers stand in der Nähe eines Fensters und der Schein der Nachmittagssonne fiel auf ihr geschminktes Antlitz. Sie fühlte sich heute besonders schön. Nein, eigentlich wusste sie es nicht. Aber sie hatte sich am Morgen mit der Toilette besonders viel Zeit genommen. Beinahe drei Stunden. Manchmal dauerte es eine halbe Stunde, manchmal eine. Und wenn sie Zeit hatte eben auch drei. Das morgendliche Tête-à-Tête mit sich selbst war die einzige Betätigung in ihrem Leben, bei der sie sich selbst genug war. Beim Hantieren mit den Flakons, Stiften und Döschen, den Düften und Farben spürte sie, dass sie am Leben war, fühlte sie den Zauber ihres Wesens, fühlte sie sich selbst. Oder was sie dafür hielt.

Das Bad war auch schon deshalb ein Ort der Unbeschwertheit für Khatia - die Frau des Cafébesitzers nannte sich Khatia, wenn sie in den Spiegel schaute -, weil ihr Mann dort nicht vorkam. Der Cafébesitzer. Dieser kleine, banale Mann, an dem alles rund und gefällig geworden war. Jedenfalls das Äußere. Nicht nur, dass er niemals diesen Raum betrat. Er verschwand auch aus Khatias Gedanken, sobald sie die Tür hinter sich schloss. Jetzt am Fenster im späten Nachmittagslicht dachte sie an ihn. Was für eine traurige Gestalt! Gaffte ständig jungen Frauen hinterher wie ein alter Mann. Er war ein alter Mann. Ein müder, alter Mann. Als habe sich der Altersunterschied zwischen ihnen verdoppelt. Aus zehn waren zwanzig Jahre geworden. Fünfundzwanzig. Er war nicht 54 sondern 64 und sie nicht 44 sondern – 34. Dreißig Jahre. Wie alt mochte diese syrische Kellnerin sein? 26? 27? Scheißzahlen, dachte Khatia. Sie liebte das Café. Sie war stolz, Teil des Mythos zu sein. Dieses Café, wo die klügsten Köpfe über die Dinge der Welt debattierten, wo Romane geschrieben wurden und politische Strippen gezogen, wo ein Ministerpräsident erschossen worden war! Dafür hatte sie ihren Mann geliebt. Dass er sie in diese Welt holte, in dieses Café, in das Café Meridian! Sie hatte ja nicht ahnen können, dass er selbst ein Fremdkörper darin war. Der Cafébesitzer hatte seiner Frau, da war sie noch nicht seine Frau, erzählt, dass er immer davon geträumt habe, ein solches Café zu haben. Nur dass du, als du das Café hattest, nicht aufgehört hast, davon zu träumen, dachte Khatia jetzt. Du hast deinen Laden brav gemanagt, aber du bist nie ein Teil des Cafés geworden. Du hast deine Rolle nicht übernommen. Warum rufen die klügsten Köpfe dich nicht an ihren Tisch, wenn sie debattieren? Warum liest dir niemand aus seinen Manuskripten vor? Warum sitzt du nicht dabei, wenn verfeindete Politiker sich gemeinsam betrinken? Weil es dich nicht gibt! Du bist nicht das Café! Das Meridian! Du bist es nicht. Du machst nur deine Arbeit. Einmal hatten sie gestritten, heftig, und sie hatte nach einem Schimpfwort gesucht, das verletzender nicht würde sein können. Das die ganze Banalität des Cafébesitzers auf den Punkt brächte. Erst fiel ihr nichts ein. Idiot. Was besagte das schon? Idiot! Dann aber war das Wort da gewesen, das Wort, in das ihre ganze Verachtung hineinpasste. »Du, du Filialleiter!« hatte sie ihn angeschrien. Filialleiter! Seitdem nannte sie ihn nicht mehr beim Namen. Bruno. Wahrscheinlich hast du bis heute nicht begriffen, dass ich dich mit diesem Wort vernichtet habe! Filialleiter! Gerade war er mit der arabischen Kellnerin unterwegs. Arabischen Kaffee kaufen. Filialleiter!

Sie hatte seine Rolle übernommen. Auf ihre Weise. Während er unscheinbar blieb, hatte sie die Blicke auf sich gezogen. Sie spiegelte den Glamour des Cafés. Ein bisschen verrucht, glitzernd, verheißungsvoll. Auch sie war nicht auf Augenhöhe mit den Gästen. Sie war darüber! Auch mit ihr besprach kein Dichter seine Manuskripte. Sie kam darin vor! Sie war der Star. Sie war sogar dann präsent, wenn sie nicht da war. Dann schritt sie den Gästen übergroß durch die Gedanken. So stellte sie es sich vor. Sie liebte diese Rolle. Sie liebte den Zustand, in dem sie sich befand, wenn sie diese Rolle spielte. Sie hatte sich vorgenommen, der Rolle künftig mit erotischen Eskapaden und Affären noch mehr Ausdruck zu verleihen. Ob ihr das gelingen würde? Sie war keine junge Frau mehr … 44 … Es würde gelingen. Natürlich würde es gelingen! Und es würde sie zu einer Legende machen. Zu einer Legende des Café Meridian! Wie der erschossene Ministerpräsident. Versuchen wir's, sagte sie achselzuckend zu sich und wandte sich vom Fenster ab. Vielleicht kommt ja der Mann im blauen Anzug heute wieder, dachte sie. Mit seinem schiefen Kragen und diesem Mund... An wen nur erinnerte er sie?

Zu dieser Zeit überquerten 400 km entfernt zwei mit Hühnern beladene LKW die Grenze, zwischen den Hühnern verborgen unzählige Gewehre und Granaten. Codewort der Aktion: »Da lachen ja die Hühner.« Im Verteidigungsministerium scherzte ein Abteilungsleiter: »Genau, dann lassen wir Panzer auffahren und spielen ein bisschen Krieg.« In der zweitgrößten Stadt des Landes kamen sieben Männer zu einem Treffen zusammen, von dem niemand wusste, und in einem großen Keller unweit des Cafés waren 26 Frauen und Männer, überwiegend junge Leute, in sozialen Netzwerken unterwegs - #aufrechts! – und feierten die Mohamedfratzen, die Unbekannte in der Nacht auf Schaufensterscheiben arabischer Geschäfte gesprüht hatten.

Effi hatte am Morgen eine großartige Idee gehabt, wie sie dem Mann vom Balkon näher kommen könnte, näher als nur doppelten Espresso zu servieren. Sie würde Bruno vorschlagen, auch arabischen Kaffee anzubieten. Das würde sich doch gut machen auf der Karte des Meridian. Und dann würde sie dem Mann vom Balkon einen arabischen Kaffee bringen und sagen: Das ist ein arabischer Kaffee. Hieraus kann ich Ihnen die Zukunft lesen. Wirklich?, würde er fragen. Sie glauben mir nicht?, würde sie antworten, ich zeige es Ihnen. Und dann würde sie ihm die Zukunft aus der Tasse lesen. Sie würden gemeinsam in die Tasse schauen, einander so nah, dass sie mit ihrem Haar wie aus Versehen seine Wange berührte. Er würde fragen, und was ist mit Ihrer Zukunft? Und dann würden sie sich ansehen… Effi seufzte hingebungsvoll in ihrer Dachkammer. Lass den Unsinn, rief sie sich zu. Aber sie hörte nicht hin.

Bruno erkannte natürlich sofort seine Chance, als er den Vorschlag hörte. Wie heiter und bezaubernd Effi war! Arabischer Kaffee im Meridian! Natürlich schlug er ihr das nicht ab! Eine wunderbare Idee! Bruno bestand darauf, dass Effi ihn noch am selben Nachmittag zum Kaffeehändler begleitete. Schließlich müsse sie ihn beraten! Und so entfachte der arabische Kaffee nicht nur bei Effi mit Blick auf Fernando, sondern auch bei Bruno mit Blick auf die Kellnerin die süffige Hoffnung, dem begehrten Wesen näher zu kommen. Einen ganzen Nachmittag würde Bruno die Kellnerin für sich haben. Effi. Die gar nicht Effi hieß. Dies Geheimnis hatte sie ihm schon verraten. So wie er ihr seines verraten hatte. Auf dem Rückweg, sagte Bruno sich, werde ich einen Umweg machen, zum Meer hinunter, und dort werde ich sie küssen. Mein Gott, ich muss sie küssen!

Er hatte kein Glück. Er parkte den Wagen mit Blick zum Meer unweit der Flussmündung, begann mit »hören Sie, ich muss Ihnen etwas sagen …«, als Effi fröhlich aus dem Auto sprang und Richtung Wasser lief. »Wie schön es hier ist!« rief sie auf Arabisch, und als er ihr folgte und ihr näher kam, lachte sie ihn bei Seite, so voll vom eigenen Glück, dass sie für Bruno unnahbar blieb. Sie plapperte alles aus, was sie über arabischen Kaffee wusste. Wie er zuzubereiten sei, welche Gewürze hineingehörten, wie man die Zukunft daraus lesen könne, woran sie natürlich nicht glaube, aber wer könne das schon so genau wissen? Brunos Lippen dehnten sich zu einem Lächeln von naiver Glückseligkeit. Dies war nicht der Moment, sie zu küssen. Er begehrte sie, oh ja. Vor allem aber sehnte er sich danach, sie immerfort mit Zärtlichkeit zu umgeben. Wie ein Duft. Als wäre er ihr Duft! Ja, das war es! Er würde ihr ein Geschenk machen. Ein Parfum! Als Dank für ihre Idee mit dem arabischen Kaffee. Das war doch ein guter Vorwand. Auf dem Weg zurück ins Café hielt Bruno also vor einem Kosmetikgeschäft und kaufte Effi ein teures französisches Parfum.

Bruno hatte wirklich keine Ahnung von arabischer Zukunft! Effi fand, das gehöre sich nicht. Sie war empört. Wofür hielt der Cafébesitzer sie? Aber sie hatte Bruno viel zu verdanken. Sie durfte nicht unhöflich sein und behielt also ihren Zorn für sich. Und außerdem: Parfum! Parfum! Sie liebte Parfums! Wie lange hatte sie sich nicht mehr parfümiert? Seit der Krieg gekommen war. Nie war sie früher ohne Parfum aus dem Haus gegangen. Es gab Wirklichkeit ohne Parfum, aber kein Leben ohne Parfum! Doch plötzlich war das parfümierte Leben vorbei gewesen. Von einem Tag auf den anderen. Von einem auf den anderen Tag dachte niemand mehr an Parfum und irgendwann hatte Effi den leichten, betörenden Schwindel vergessen, in den Parfum sie versetzte, diesen Geschmack geraubter Küsse, diesen flüsternden Rausch … Jetzt, dank der kleinen Schachtel in ihrer Hand mit dem kühlen Flakon darin, würde er wieder da sein! Der Taumel, der Schwindel, das Leben! Sie wollte leben! Sie wollte Zukunft! Ab morgen würde sie sich wieder parfümieren. Sie würde dem Mann vom Balkon eingehüllt in teure französische Düfte arabischen Kaffee servieren, würde ihm Gaumen und Nase betören, dass er ihr jede Zukunft glaubte! Effi war alt genug zu wissen, wie die Eskapaden ihres Gemüts zu deuten waren. Aber was scherte es sie? An diesem Abend fühlte sie sich leicht in ihrer Dachkammer, »leicht wie ein Schmetterling« – das hatte sie im Sprachkurs gelernt – »leicht wie ein Schmetterling«, und als sie ins Bad ging, sich zu entkleiden, summte sie, den Duft noch in der Nase, zum ersten Mal, seit sie in dieses Land gekommen war, ein Lied. Als hieße sie nicht Effi.

Der Agenturchef hatte das nur so dahingesagt. Schicken wir doch Leute los und lassen sie Mohammeds auf Schaufensterscheiben malen wie Judensterne. Mit so etwas warten wir noch, hatte Harry Fitz gesagt, aber jemand hatte es weitererzählt und ein anderer hatte gerufen, ich kenne einen, der kann so Schablonen basteln, und dann noch etwas Farbe und ein paar Leute, bewaffnet für den Fall der Fälle und überhaupt und wenn schon und los. Rache für »Bataclan«, haha, Oper von Jacques Offenbach! Wusstet ihr das? Menschen kamen auf den Straßen zu spontanen Demonstrationen zusammen, von rechts von links von oben von unten. Das Kabinett erwog ein massives Aufgebot bewaffneter Polizisten, doch wohin sollen die schießen, gar nicht natürlich, wir schrecken ab, wie willst du Leute erschrecken, die anderen Köpfe abschneiden? Wir warten auf Ihre Befehle, sagte der Chef des Generalstabs durchs Telefon, Ruhe ist jetzt oberste Bürgerpflicht, wiederholte die Kommentatorin, wir müssen Ruhe bewahren, sonst wird es fürchterlich. Der Präsident der #aufrechts!-Bewegung ließ über die sozialen Medien verbreiten, dass die Anwendung von Gewalt niemals das Ziel sein könne. In der Redaktion einer Wochenzeitung fragte ein bärtiger Mann: »Und was passiert, wenn die Linken zum bewaffneten Kampf aufrufen?« »Dann befänden sie sich in bester Gesellschaft«, entgegnete eine Kollegin mit schaukelndem Pferdeschwanz. »Das Militär würde eingreifen«, sagte

Faisal, der Praktikant. »Das dürfen die nicht.« »Natürlich dürfen die das nicht. Aber du kannst schlecht Bürgerkrieg machen und die Soldaten müssen zugucken.« »Es gibt keinen Bürgerkrieg. Bei uns doch nicht!« Jemand war auf die Idee gekommen, Busse mit einer neuen Werbung durch die Hauptstadt fahren zu lassen. »Wir sind das Volk«, sollte draufstehen und ein telefonierender Mann erklärte einem anderen mit beruhigender Stimme einen Weg. Im Schaufenster eines Geschäftes für Elektronikgeräte waren Fernseher ausgestellt. Aus allen acht oder neun großen und kleineren Bildschirmen strahlte tonlos ein Bericht über eine Vergewaltigung in die abendliche Straße. Ein paar Leute standen im Fernsehlicht und schimpften. Auf einem anderen Sender sagte der neue Sprecher der #aufrechts!-Bewegung, Harry Fitz, dieser Mann mit hoher Stirn und ausladenen Wangen, dessentwegen Fernando seinen Job verloren hatte: »Wir werden niemals Terror machen. Die Mehrheit terrorisiert nicht. Die Mehrheit hat recht. Das Volk hat recht. Und es hat das Recht, seinem Willen Geltung zu verschaffen. Und wissen Sie, wie man das nennt, wenn der Volkswille herrscht? Demokra …«

Aus. Dunkel. Die Kartenabreißerin hatte nach der Fernbedienung gegriffen und den Mann abgeschaltet. »Zinedine Zidane …« murmelte sie und erhob sich aus ihrem Sessel. Sie goss sie sich einen Cognac ein, ganz wenig nur, das teure Zeug, und dachte an ein kleines Schränkchen voller Schubladen, aus rötlich glänzendem Holz. Auf diesem Schränkchen hatte immer Großmutters Cognac gestanden. Die Großmutter hatte wenige Wochen vor ihrem Tod gesagt: »Du sollst das Schränkchen haben. Versprich mir nur, dass du niemals nachzählst, wie viele Schubladen es hat. Du könntest den Verstand verlieren. Du wirst nämlich nie wissen, ob es nicht doch noch irgendwo eine weitere Schublade gibt, und ausgerechnet in der liegt etwas für dich bereit. Cheers!« Die Großmutter hatte vergnügt gegrinst und in einem Zug ihren Cognac getrunken. Die Kartenabreißerin war damals noch eine junge Frau gewesen und sie hatte die Worte ihrer alten Großmutter als liebenswerten Unsinn abgetan. Aber dann war der Tag der Flucht gekommen und sie hatte sich schäbig gefühlt, das Schränkchen zurückzulassen. Als könne sie damit etwas gutmachen, nahm sie statt des Schränkchens eine Flasche Cognac mit. Und es funktionierte. Der Geschmack von Cognac brachte ihr fortan das Schränkchen überall hin, wo sie war, und mit dem Schränkchen die Großmutter. Nach all den Jahren noch. Nach all den Jahren noch brauchte sie nur an einem Cognac zu nippen und schon konnte sie ihrer Großmutter erzählen, was sie erlebt hatte.

Was hatte der Mann, der den Puppenkopf mitgenommen hatte, wohl damit gemacht? Weggeworfen? Ins Regal gestellt? Geküsst? Er hatte ihr zwei Karten hingehalten, obwohl er allein gekommen war. Sie hatte ihn nach der Vorstellung wiedererkannt. An seinem Mund. An dem schiefen Hemdkragen. Irgendetwas war passiert in seinem Leben. Jemand fehlte. Wenigstens an diesem Abend. Und jemand anderes war an diesem Abend dazugekommen. Eine andere Frau. Naja, ein hübscher Puppenkopf aus Latex. Der Großmutter von dem Mann zu erzählen, der den Latexkopf mitgenommen hatte, bedeutete für die alte Kartenabreißerin eine gute Abendunterhaltung. Sie dachte nicht weiter an Zinedine Zidane. Aber traurig war sie doch. Sie war bald 78, so lange schon auf der Welt, aber noch immer war alles ohne Sinn und Verstand. Ihr fiel eine andere Weisheit ihrer Großmutter ein: »Suche nicht nach deinem Platz in der Welt. Es gibt ihn nicht. Es gibt ihn nicht, denn es ist umgekehrt. Nicht du hast einen Platz in der Welt, die Welt hat ihren Platz in dir, in deinem Kopf. In allen Köpfen! Und das ist das Problem.« Vielleicht war das wirklich das Problem, dachte die Kartenabreißerin. Vielleicht. Vielleicht aber auch musste man nur die Schublade finden …

Khatia hatte sich den Tag über noch ein paar Mal gefragt, an wen sie der Mann im blauen Anzug erinnerte. Als er nachmittags kam, hatte er übernächtigt ausgesehen. Blass und zerzaust. Durchaus sexy, dachte Khatia, aber irgendwie auch schwächlich. Sie konnte nicht ahnen, warum Fernando erst in den frühen Morgenstunden ins Bett gekommen war und dann so wirres Zeug geträumt hatte, dass der Schlaf ihn nur noch mehr erschöpft hatte. Alles hing mit diesem Puppenkopf zusammen. Seine Gegenwart sorgte dafür, dass das Unbehagen, das Fernando seit dem Opernbesuch mit sich herumtrug, nicht verschwand. Fernando versuchte, dagegen anzutrinken, was dazu führte, dass die makellose Schönheit des Kopfes in dieser trüben Nacht groteskerweise mehr und mehr zu Tage trat. Der Kopf fühlte sich gut an. Weiches, glattes Latex. Das Lächeln ihrer halbgeöffneten Lippen ließ hinreißende Grübchen entstehen, ihre schmale, nur scheinbar etwas zu lange Nase erinnerte an eine ägyptische Königin. Die kunstvoll gebogenen Brauen über ihren unbeirrbaren Augen entsprachen dem gusseisernen Zierrat seines Herzens. Fernando wurde poetisch. Wenn der Kopf nur nicht so leblos wäre! Nach einer halben Flasche Beaujolais hatte Fernando beschlossen, die Schöne zum Leben zu erwecken. Er drapierte den Kopf auf einem Turm aus Büchern – Romane aus dem 19. Jahrhundert, Zola, Balzac, Fontane - so hoch, dass der Kopf sich auf der Höhe einer Geliebten befand. Dann hatte er sein Callas-Video auf das Antlitz des Kopfes projiziert. Singen sollte sie, Belcanto, nicht diesen Krach von vorhin, Schönheit! Leben! Aber es hatte nicht funktioniert. Regungslos hatte der Kopf das Flackern über sich ergehen lassen. Als der Beaujolais leer war, hatte Fernando den Projektor abgeschaltet, Kerzen angezündet und seiner seltsamen Geliebten Gedichte vorgelesen, ein, zwei

Stunden lang, Baudelaire, Rimbaud, Rilke, aber hatte sie auch nur einmal und sei es nur für Sekunden lauschend die Augen geschlossen? Besoffen von seiner schönen Gefangenen oder vom Wein, wer wollte das so genau wissen, hatte Fernando sich vor sie gestellt, ihr zitternd über die erregende Wange gestrichen, geflüstert: »Ich geh im Niederschlag deiner leuchtenden Augen spazieren«. Wo hatte er das gelesen? Doch auch das erweckte sie nicht zum Leben. Kein geschmeicheltes Lächeln. Kein Seufzen. Kein scheu gesenkter Blick. Da hatte er sie gepackt, zwischen die Hände genommen, wollte sie küssen, sie wach küssen!, doch für so viel Leidenschaft war seine bücherne Geliebte nicht gebaut. Der Turm stürzte polternd unter ihr zusammen, als fiele der Körper der Geliebten vom Dasein ab.

Der Moment war vorüber. Wie ein Haufen toter Vögel lag das 19. Jahrhundert zu seinen Füßen. Fernando stellte den Puppenkopf auf seinen Nachtschrank und warf sich aufs Bett. Wenigstens in ihrem Blick schlafen! Es wurde eine unruhige Nacht, bleierne Stunden aus Alpträumen und Hinundherwälzen und der Unfähigkeit, den Medusenkopf endlich aus dem Zimmer zu schaffen. Am späten Vormittag war Fernando erwacht, hatte sich elend gefühlt aber wieder einigermaßen bei Verstand. Er hatte einen Kaffee auf dem Balkon getrunken, keine Lust, in die Zeitung zu gucken, und sich gefragt, wie es weitergehen solle. Mit ihm, mit der Welt, mit allem. So wie die Dinge lagen, musste er sich um einen neuen Job kümmern. Also hatte er Trüff angerufen. Er hatte immer gedacht, wenn alle Stricke reißen, fahr ich wieder Taxi. Manchmal hatte er es sich sogar gewünscht. Trüff hatte ein Taxiunternehmen. Fernando kannte ihn aus der Zeit, als er mit Taxifahren sein Studium finanzierte. Er war gern Taxi gefahren. Es hatte ihm gefallen, Menschen von einem Ort ihres Lebens zu einem anderen zu bringen. Vielleicht konnte er das jetzt wieder tun? »Klar«, hatte Trüff gesagt, »wann willst du anfangen?«.

Trüff und Fernando hatten sich für den späten Nachmittag verabredet, um den Papierkram zu erledigen. So hatte Fernando noch Zeit, auf einen Sprung ins Meridian zu gehen. Vielleicht würde es ihm gelingen, dort am runden Tisch neben der eckigen Säule, bei einem doppelten Espresso sein flatterhaftes Gemüt zu beruhigen. Die nette Kellnerin war nicht da. Eine andere Frau brachte ihm den Kaffee. Keine Kellnerin, ein mondäne Erscheinung wie eine italienische Filmdiva. Für Fernando waren italienische Filmdiven nichts anderes als die Übersetzung des Belcanto ins Körperliche. Die gleichen Melodieverläufe. Dies musste die Frau des Cafébesitzers sein, von der er schon hatte reden hören. Was für eine Frau, dachte Fernando und sie lächelte, als sei alles an ihm unwichtig, was nichts mit ihr zu tun hatte.

Keine Chance für Fernandos Innenleben, zur Ruhe zu kommen. Die Grübchen neben den Mundwinkeln der

Frau des Cafébesitzers beschleunigten Fernandos innere Volten und Wirrungen nur noch. Diese hinreißenden Puppenkopfgrübchen ... Khatia spürte, dass der Mann mit dem Mund und dem immerblauen Anzug sie nicht mehr aus den Augen lassen würde. Sie bewegte sich in seinem Blick wie in einem Scheinwerfer und sie genoss das Licht. So leicht verwahrlost gefiel er ihr. Als er bezahlte, berührte sie wie aus Versehen seine Hand. Dann verschwand sie hinter der Tür mit der Aufschrift »privat«. Fernando riss sich zusammen. Er musste zu Trüff.

Am Abend sperrte Fernando den peinlichen Latexkopf in die Abstellkammer, trat auf den Balkon, spürte die Kühle des gusseisernen Geländers in seine Hände steigen und versuchte, sich zu sortieren. Den Job geschmissen, Harry Fitz, der runde Tisch an der eckigen Säule, Maria Callas auf der Hausfassade, das verlorengegangene Lächeln der Kellnerin, das erregende Lächeln der Frau des Cafébesitzers, der Transvestit auf dem Wachturm, die Frau im blauen Kleid, die Kartenabreißerin, der Puppenkopf, Grübchen, Grübchen, meine Grübchen!, das 19. Jahrhundert war gestorben, er selber war gestorben, verlorengegangen, erregt, er würde wieder Taxifahren, wie damals, wie früher, wie im 19. Jahrhundert, was redest du für einen Unsinn, Fernando. Er konnte sich nicht sortieren, noch nicht einmal aufzählen, ohne zu delirieren. Später döste er vor dem Fernseher weg, bevor Harry Fitz darin das Wort ergriff.

Khatia war den ganzen Tag nicht darauf gekommen, an wen sie der Mann im blauen Anzug erinnerte. Jetzt zog sie schläfrig das Seidenbett über ihre nackte Schulter, als es ihr plötzlich einfiel. Kaljajev! Der Mann im blauen Anzug sah aus wie Kaljajev. Der berühmte russische Attentäter. Besser gesagt, die Figur des Kaljajev in der gleichnamigen Oper nach einem Stück von Albert Camus. Sie hatte die Oper vor zwei oder drei Jahren gesehen. Dieser Kaljajev hatte ihr gefallen. Sehr sogar! Sie war seinetwegen ein paar Mal in der Aufführung gewesen. Dann war das Stück abgesetzt worden und Khatia hatte ihre Laune wieder vergessen. Bis jetzt. Bis dieser Mann sich an den Tisch neben der eckigen Säule gesetzt hatte. Kaljajev, sagte Khatia zu sich, so hatte der ausgesehen. Groß, schmal, blauer Anzug, verrutschter Hemdkragen, kurzes, schon angegrautes Haar und als Mund eine richtige Fresse. Eine Fresse zum Küssen! Was für ein lockender Wink des Schicksals, dachte Khatia. Kaljajev würde der erste im Reigen ihrer Liebhaber sein. Mit Kaljajev fange ich an! Einem Attentäter!

Dritter Akt

Was lag also näher, als dass Khatia am nächsten Tag Effi das Tablett aus der Hand nahm, noch zwei Sektkelche dazu stellte, Effi über die Schulter hinweg ein

»Schönes Parfum!« zuwarf, und das Tablett mit der Grazie einer Königin, wie es Effi schien, zu dem Mann trug, der immer auf dem Balkon Zeitung gelesen hatte? Effi sah, wie die Frau des Cafébesitzers sich zu dem Mann vom Balkon setzte, sah, wie die beiden ins Gespräch kamen, wie die Gläser gegeneinanderstießen und so ein Vorspiel einläuteten, dessen Tragweite Effi erbleichen ließ.

Khatia war ohne Umschweife. »Da sind Sie ja wieder«, sagte sie, »ich darf mich doch zu Ihnen setzen? Ich bin Khatia.« Die Dunkelheit ihrer Stimme legte sich wie ein lederner Handschuh um Fernandos Nacken.

»Fernando«, entgegnete Fernando.

»Fernando? Deckname, hm?«

»Nein, ich heiße wirklich Fernando.«

Khatia kräuselte die Lippen. »Pfui, Sie lügen! Ihr wirklicher Name ist nicht Fernando. In Wirklichkeit heißen Sie – Kaljajev!«

»Kal wie?«

»Kal ja jev! Kaljajev. Wissen Sie nicht, wer das ist?«

»Nein!«

Khatia lachte. »Kaljajev ist eine Figur aus einer Oper, die ich mal gesehen habe. Ein Attentäter! Sie sehen genau aus wie dieser Kaljajev.« Kussfresse, dachte Khatia, während sie sprach.

»Aha.« Ein Attentäter war er nicht, dachte Fernando, nur Taxifahrer. Wenigstens das.

»Ich werde Sie Kaljajev nennen«, sagte Khatia entschieden und hob mit einem künstlich rot schimmernden Lächeln ihren Kelch. Wieder diese Grübchen ... »Auf Kaljajev!«

Fernando trank, ohne den Blick von ihr abzuwenden. Es amüsierte sie. Sie fragte sich, wie seine Kussfresse wohl schmecken würde. Als sie ihr Glas zurückstellte, drehte sie es so, dass Fernando den Lippenstiftabdruck darauf sehen musste. Natürlich sah er ihn, sah er die wie zum Kunstwerk verewigte Berührung ihrer Lippen! Fernando sehnte sich augenblicklich danach, dieser Kelch zu sein. Selbst von diesem Rot verschmiert zu werden. Aufs Neue wurde sein loses Gemüt entfacht. Maria Callas an der Hauswand, ein Puppenkopf auf einem Bücherturm, jetzt ein Kelch mit Khatias Lippen. Und Khatia schaute, als hielte sie das Streichholz noch in der Hand.

Effi hatte die beiden beobachtet, hatte sie trinken sehen, hatte traurig und angewidert den gierigen Flirt verfolgt. Sie würde mit dem Mann vom Balkon nicht gemeinsam in arabischem Kaffeesatz lesen. Nie, niemals würde das geschehen. So war die Welt nicht. Diese Niemals-Welt. »Ich komme«, sagte sie mehr zu sich, als dass der Gast an Tisch 9, der nach ihr gerufen hatte, es hätte hören können. »Ich komme schon.«

Wenn ein Parfum alle Nasen gleichermaßen verzauberte, wäre Khatias Plan wahrscheinlich aufgegangen. Sie hätte sich einen Liebhaber genommen, Kaljajev, ihn wieder abgelegt und einen anderen genommen. Einen Minister oder einen Schauspieler. Einen Dichter! Sie würde die Dichter zu ihren Liebhabern machen und so in deren Werken unsterblich werden! Wenn sie das Spiel gelernt hätte, wären es zwei Liebhaber zugleich geworden. Zwei Dichter. Oder ein Minister und ein Schauspieler. Oder drei. Ein Minister, ein Dichter und eine Autorennfahrerin. Parallel dazu hätte sich das Getuschel und Gerede über das Café hinaus in die Stadt, ja ins ganze Land, in die ganze Welt ausgebreitet und man hätte sie in einem Atemzug mit dem erschossenen Ministerpräsidenten genannt. Es hätte alles sehr unterhaltsam, erregend und mondän werden können, wenn nicht, ja wenn nicht schon bei der Ouvertüre jemand laut dazwischengerufen hätte.

»Was ist denn das? Parfum? Du trägst Parfum? Was fällt dir ein! Oh, ich weiß, du willst hier die Leute um den Finger wickeln. Du und deine Horde! Ihr wollt das ganze Land um den Finger wickeln! Weil eure Kerle es mit Bomben und Terror nicht schaffen, kommt ihr jetzt so? Untersteh dich, mit mir zu sprechen! Du kleines arabisches Flittchen!« Ein Kerl, der Lehrer sein konnte und ebenso gut Automechaniker oder Zuhälter. Vielleicht auch Polizist in Zivil. Anzug und Krawatte wie aus einem Fundus, dachte Fernando. Hatte sich vor Effi aufgebaut, die erschrocken gegen eine Tischkante zurückgewichen war. »Weißt du, was wir mit Püppchen wie dir machen werden? Du solltest lieber nett sein, vielleicht überlegen wir es uns dann nochmal! Hahaha! Hahahaha!« Plötzlich griff er Effi heftig in den Schritt. Sie schrie auf. Die Gäste starrten von ihren Tischen. Jetzt zog der Redner Effi an den Haaren zu sich, dass sie ganz krumm neben ihm stand. »Schaut her! Hübsch anzusehen ist sie ja, sieht fast aus wie echt. Und duftet wie ne Dame. Nicht schlecht gemacht. Die kleine arabische Puppe! Und jetzt weg mit dir!« Er schleuderte Effi grob gegen einen Stuhl, sie stürzte stumm, nur der Stuhl machte ein Geräusch, als würde er verrückt. »Wir wollen hier kein arabisches Spielzeug, wir sind ein anständiges Land!«, zischte der Mann auf Effi herab.

Khatia begriff, dass hier etwas geschah, was in ihrem Café nicht geschehen durfte. »Entschuldigen Sie«, sagte sie zu Fernando, legte ihre Hand auf seinen Unterarm, erhob sich, wollte einschreiten. Aber jemand kam ihr zuvor. Jemand, mit dem sie nicht gerechnet hatte. Niemals. Jemand, der kaum mit sich selbst gerechnet hatte. Aber die am Boden liegende Effi gab Bruno die Kraft, den starken Mann zu spielen. Er sprang hinter der Theke hervor. »Aufhören! Sofort aufhören! Lassen Sie meine Kellnerin in Ruhe!«, stieß er hervor, auf den Mann zueilend. Nun stand er vor ihm, einen Kopf kleiner als der. »Was fällt Ihnen ein?« herrschte er ihn an.

»Hoppala!« rief der Mann, »Bist scharf auf das Püppchen, wie? Naja, kann ich ja verstehen. Vielleicht können wir uns mal zusammentun mit ihr«, sagte er und schaute auf die ohnmächtige Effi herab, »und gemeinsam Spaß haben.«

»Sie Verbrecher! Sie und Ihr ganzes Volksgesindel! Hauen Sie ab! Verlassen Sie mein Haus!« fauchte Bruno.

Der Mann blieb stehen. Eine Ewigkeit. Grinsend. Dann stieß er Bruno um wie einen Stelzenläufer, einen, der sich größer gemacht hat, als er ist, und dabei auf wackligen Beinen steht. Polternd kippte Bruno zwischen ein paar Stühle. »Ich muss leider wirklich gehen. Termine …«, sagte der Mann zu den Umsitzenden, klopfte sich vorhandenen oder nicht vorhandenen Staub von den Ärmeln und griff nach seiner Notebooktasche. Im Café gab es keinen Laut. Dann ein Klatschen. Ein einzelnes, langsames Klatschen. Khatia. »Bravo!«, rief sie und kam weiter klatschend auf den Mann zu, »Bravo! Was für ein Auftritt!«

Für einen Moment schien der Mann, dieser Lehrer, Automechaniker, Zuhälter, Polizist in Zivil nicht zu wissen, was das zu bedeuten hatte. Als könnte er den Spott und die Verachtung in der Stimme der Frau, die auf ihn zukam, nicht deuten. Jetzt stand sie vor ihm. Jetzt stand er vor ihr. Er stand vor ihr und sie musste ihn verjagen. Verscheuchen! Mit einem einzigen Satz, mit ihrem ganzen Hochmut. Aber ach!, sie war ihm zu nah gekommen. Sie bekam Risse, wurde brüchig. Du musst es durchziehen, sagte sie sich, für das Café, für Effi und sogar für Bruno.

Doch als sie die Lippen öffnete und zu sprechen anhob, wusste sie, dass auch sie verlieren würde. »Verschwinden Sie! Verschwinden Sie und kommen Sie nie wieder!«

Vielleicht roch er ihre Angst. Der Mann schürzte die Lippen, fand zurück in seinen Modus. Er pustete Khatia in Gesicht und Haare: »Es ist nicht klug, sich uns in den Weg zu stellen, mein Pusteblümchen« sagte er sanft, »ich werde wiederkommen. Vielleicht nicht allein. Wir könnten mehrere sein. Viele. Dann räumen wir hier erstmal auf. Hier liegen ja Leute auf dem Boden! Aufrechts!«, endete er kaum hörbar, ließ Khatia stehen und eilte, ohne weiter aufgehalten zu werden, aus dem reglosen Café.

Der Vorfall änderte Khatias innere Zusammensetzung. Während Bruno ungelenk zu Effi kroch, der Blut aus den Ohren floss, floh Khatia in ihr Bad, riss sich die Kleider vom Leib und versuchte, sich unter der heiß aufgedrehten Dusche den Atem des Pöblers von Leib und Seele zu scheuern. Er hatte sie durchschaut. Er hatte sich nicht bluffen lassen von ihrem Hochmut. Schlimmer noch. Er hatte ihn zerstört. Hatte ihn besiegt. Der Kerl hatte sie vernichtet statt sie ihn. Ausgerechnet der! Sie hatte gegen einen Gegner verloren, dem sie turmhoch hätte überlegen sein müssen! Die Demütigung war kaum zu ertragen. Das einzige, was half, war Hass. Khatia produzierte Vernichtungsphantasien, dass sie selbst drüber staunte. Es fing mit einem Erschießungskommando an. Aber das reichte nicht. Erst als sie sich minutenlang vorgestellt hatte, wie ein islamistischer Irrer dem Mann bei lebendigem Leibe und auf langwierig dilettantische Weise den Kopf abschnitt, fühlte sie sich besser. Doch als sie aus der Dusche trat, sich schemenhaft im beschlagenen Spiegel entgegenkam, wurde ihr klar, dass sie diesen widerwärtigen Faschisten dorthin mitgenommen hatte, wohin noch nicht einmal der Filialleiter gelangen durfte. In ihr Bad. Da schrie sie ihre ohnmächtige Wut heraus, griff nach einem Flakon und schleuderte ihn in den wassertumben Spiegel. Sie würde sich rächen. Sie würde sich grausam rächen! Nicht an diesem Kerl, der war es nicht wert. Dieses Nichts! Sie würde alle diese Nichtse an die Wand stellen lassen und fertig. Ihre Rache aber wäre eine andere. Sie würde den Kopf fordern. Den Kopf der Aufrechts-Bewegung! Und sie würde ihn bekommen! Sie wusste nur noch nicht wie. Sie konnte ja nicht ahnen, dass ihr Opfer ihr noch am selben Tag zulaufen würde. Wie ein herrenloser Hund.

Kaljajev wartete eine Stunde auf Khatia. Hörte zu, wie die Leute über den Vorfall sprachen. Über den Typen, über Khatias Auftritt. Über die verletzte Kellnerin. Effi. Jemand nannte ihren Namen. Effi. Ist Effi denn ein arabischer Name? fragte sich Fernando. Aber was verstand er von arabischen Namen? Er wollte das Stelldichein mit Khatia fortsetzen. Warum kam sie nicht? Diese Kakerlake von einem Nazi, dachte Fernando, wie hatte der Kerl es wagen können, ihn und Khatia zu unterbrechen? Glaub nur nicht, dass du mich aufhalten kannst, du Wicht! Du und deine Bande! Wer seid ihr denn gegen so eine Frau? Gegen Khatia? Doch jetzt gab es keine Fortsetzung. Khatia kehrte nicht zurück und schließlich musste Fernando, nein Kaljajev! los. Seine Schicht begann um 12.

Um 12.02 Uhr legte Kaljajev die Hände ans Lenkrad, drückte die Arme durch und lehnte den Kopf gegen die Kopfstütze. Er drehte den Innenspiegel so, dass er sich selbst sehen konnte. Da war er wieder! Saß im Taxi wie damals, als er jung war. Student. Die beste Zeit seines Lebens. Er hatte sich an dem Gefühl berauscht, dass jeder Fahrgast seinem Leben eine völlig neue Wendung geben konnte. Dreimal war er in Länder gefahren, die er nie zuvor gesehen hatte, ein paar Mal hatte er mit Frauen, die er chauffiert hatte, geschlafen, einmal sogar im Taxi. Mit einer russischen Opernsängerin. Später hatte er sie in einer Aufführung singen hören, La Bohème von Puccini, und war danach nicht zur Verabredung in ihrer Garderobe erschienen. Er hatte jeden chauffiert. Kinder, Greise, Politikerinnen, Huren, Banker, Schauspielerinnen, Lehrer und Transvestiten. Und er war immer der Taxifahrer geblieben. Der Taxifahrer, der eigentlich kein Taxifahrer war, sondern Student, vor dem das ganze Leben lag. Und jetzt? Kaljajev grinste sich an. Jetzt war er Kaljajev. Kein Taxifahrer. Ein Attentäter! Ein taxifahrender Attentäter mit einer mondänen, künftigen Geliebten. Kaljajev drehte den Spiegel zurück und sein Gesicht verschwand. Er zündete den Motor.

Kaljajev musste zugeben, dass Khatia ihn nicht nur mit ihren Grübchen betört hatte, mit dem schattigen Timbre ihrer Stimme und damit, wie sie ihm mal eben eine neue Identität verpasst hatte. Mit ihrem Auftritt gegenüber diesem Nazi hatte sie Kaljajev vorgeführt, dass sie mehr war als eine körperliche Verheißung. Sie war eine Frau mit Haltung. Mit Courage. Eine Widerstandskämpferin, eine Actionheldin! Fernando war vollkommen hingerissen. Klar, da musste es schon ein Attentäter sein! Ein Kaljajev! Indem sie ihn zu Kaljajev gemacht hatte, hatte sie ihn zu ihrem Liebhaber ernannt. Fernando war sich sicher, dass es schnell gehen würde. Beim nächsten Mal würde sie sich zu ihm beugen und ihm etwas ins Ohr flüstern, sie würde sich mit der Zunge über die glänzenden Lippen fahren, sie würde auflachen, sich erheben und er, er würde ihr nur noch zu folgen brauchen …

Kaljajev fuhr mit seinem Taxi kreuz und quer, dass ein Wirrwarr an Linien entstand wie das Gekritzel eines Kindes. Bahnhof, Friseursalons, Krankenhäuser, dieses und jenes Hotel, Flughafen. Kaljajev chauffierte eine elegante Alte, die selbstverständlich hinten rechts Platz nahm, eine schweigende Mutter mit einem schweigenden Kind, Männer in Anzügen und Frauen mit Kopftüchern, viele in ihre Smartphones vertieft, einen Mann, der in einem Buch las und seinen Regenschirm vergaß. Das gab's früher schon, dachte Kaljajev. Er hatte eine Zeit lang sogar Regenschirme gesammelt. Neu war das mit den Smartphones. Kaum jemand winkelte noch den Arm ab, um auf eine Uhr zu schauen. Kaum jemand sprach noch im Taxi. Dass Straßen wegen Demonstrationen gesperrt waren, kannte Kaljajev hingegen. Allerdings war früher nie das ganze Stadtzentrum davon betroffen gewesen. Es hatte, wie Kaljajev aus dem Radio erfuhr, Anschläge auf vier Busse mit »Wir sind das Volk«-Werbung gegeben, angeblich von Leuten, die zuvor in einer unbekannten Sprache herumgeschrien hätten. Eine sofort eingeleitete Großfahndung und eine spontane Kundgebung der #aufrechts!-Bewegung legten den Verkehr lahm. Das arabische Viertel, in dem es seit den Mohamedfratzen auf den Schaufenstern immer wieder zu gewalttätigen Auseinandersetzungen mit der Polizei kam, war abgeriegelt worden, damit der rechte Mob nicht über die Araber herfiel. Unfassbar, was die Leute ums Dasein für ein Gewese machten, dachte Kaljajev. Sie sind doch alle gleich. Voller Sehnsucht und eitel. Und sie fahren Taxi. Überall auf der Welt. Wozu also das Theater? Das war so dahin gedacht und Kaljajev vergaß es sofort. Er war mit seinen Gedanken längst wieder bei dem einzigen Gegenstand, auf den er sich zu konzentrieren vermochte. Khatia! Diese Verlockung! Diese Diva! Dieses Weib! In der Nacht, das Café war längst geschlossen, bog Kaljajev noch einmal in die Straße ein, in der sich das Meridian befand. Er wollte zum Abschluss dieses Tages Khatia noch einmal in seiner Nähe wissen. Für ein paar Minuten nur. Für ein paar Minuten Verheißung atmen! Er parkte, stieg aus, stellte sich einige Meter weiter in einen Hauseingang gegenüber dem dunklen Café. Und schaute. Dort hinter der Fassade … Fernando konnte ja nicht wissen, dass Khatia dort hinter der Fassade nicht allein war, dass die Krisenmanager der #aufrechts!- Bewegung nach dem unrühmlichen Vorfall im Café Tempo gemacht hatten und unter Leitung von Harry Fitz überein gekommen waren, dass es das beste wäre, Harry Fitz spräche noch am selben Tag persönlich im Café Meridian vor, um die Sache aus der Welt zu schaffen.

Khatia war am späten Nachmittag, mutiert zum kühlen Racheengel, ins Café zurückgekehrt. Kein Kaljajev mehr, aber das machte nichts. Der künftige Geliebte würde wiederkommen. Man berichtete ihr, Bruno habe angerufen, die Kellnerin läge mit zerbrochenem Schädel in künstlichem Koma und er werde bis zum Abend am Krankenbett wachen. Bruno. Der Filialleiter. Er hatte Khatia gerührt mit seinem Aufbegehren gegen diesen Nazi. Auch wenn es die Kellnerin war, die ihm den Mut dazu gegeben hatte. Die Kellnerin tat Khatia leid, aber auch die würde gerächt werden. Kathia hatte sich zusammengerissen. Ihr Zorn tobte nicht mehr, er rechnete. Er war nur noch zu keinem Ergebnis gekommen. Erst als gegen 19 Uhr ein Kellner Kathia zurief, ein Mann an Tisch 11 wolle sie sprechen, und sie hinüberschaute zu dem Mann, offenbarte sich ihr mit einem Wimpernschlag, was zu tun war. Was war eine Affaire mit einem, der aussah wie ein Bühnenattentäter, gegen eine mit einem künftigen, echten Attentäter und zugleich eine zweite mit dessen künftigem Opfer? Das wird gefährlich, sagte sie zu sich. Da hast du recht, entgegnete sie sich und trat lächelnd zu Harry Fitz, dem neuen Sprecher der #aufrechts!-Bewegung an den Tisch. Sie würde mit dem Opfer beginnen. Und zwar jetzt. In diesem Moment. Es war einfacher, als sie dachte. Es gefiel ihr sogar. Die Dinge fügten sich voller Ergebenheit. Als Khatia spät in der Nacht Harry Fitz vor der Tür des Cafés verabschiedete, sah sie Kaljajev gegenüber in einem Hauseingang stehen. Als hätte ein Algorithmus mitgedacht.

Kaljajev wollte sich eben wieder in seinen Wagen setzen, als er bemerkte, dass Bewegung im Café war. Die Tür öffnete sich, Khatia kam heraus, hinter ihr ein Mann. Kaljajev erkannte Harry Fitz sofort. Was hatte das zu bedeuten? Er verstand nicht, was sie redeten, aber es schien, als würde Fitz Khatia abwehren. Als wollte er fort und sie hielte ihn auf. Sie fiel ihm um den Hals, küsste ihn, was er aber mehr über sich ergehen ließ, als dass er es erwiderte. Endlich schob er sie von sich, hielt sie an den Oberarmen, sprach auf sie ein, bis sie nickte, brav wie ein Mädchen, dann lachte sie los, er packte sie, küsste ihren Hals oder biss hinein, stieß sie von sich, wandte sich um und ging mit schnellen Schritten auf eine dunkle Limousine zu, die ihn offenbar erwartete.

Khatia lachte Harry Fitz hinterher, drehte sich, die Hand am Hals, um die eigene Achse, hielt inne, schaute hinüber zu Kaljajev. Oh nein, sie war nicht im mindesten verlegen. Warum auch? Sie hatte ihn sofort gesehen, als sie die Tür des Cafés geöffnet hatte, und sofort die Gelegenheit erkannt. Komm her, dachte sie, jetzt muss ich nur noch aus Kaljajev Kaljajev machen. Sie winkte ihm. Kaljajev hatte keine Richtung mehr. Als sei er durch die Rundung seines eigenen Kopfes verwirrt. Grußlos trat an ihr vorüber in das unbeleuchtete Café. Sie verschloss die Tür, stellte sich vor ihn – und küsste ihn kühl und weich auf den Mund. Ihre Zunge schoss ihm in die Lenden. Kussfresse, dachte sie wieder. Sie nahm ihn bei der Hand und führte ihn direkt in ihr Schlafzimmer. Er grinste über ihre Unzweideutigkeit, drückte sie an sich, dass sie seine Lust spüren musste. »Warte!«, unterbrach sie ihn zärtlich, »warte!« Sie machte sich los, wies mit dem Gesicht auf ihr Bett. »Schau dir erst das an. Schau es dir genau an. Es ist noch warm. Es ist noch warm von ihm. Du weißt, von wem ich spreche, du hast ihn gesehen.«

Kaljajev sah das Bett. Zerwühlt lag es im Halbdunkel. Verdreht, zerformt, eindeutig. Als sei die gierige Intimität zweier Liebender darin Skulptur geworden. Dort hatte sich Khatia diesem Fitz hingegeben. Dort hatten sie sich umschlungen, gepackt und war er in sie eingedrungen, geil und hart und sie hatte ihn angefeuert, war selber gekommen oder hatte wenigstens für ihn so getan. Es fühlte sich an, als würde sein Brustkorb zerquetscht. Fernando stürzte zum Bett, packte die Decke, schrie sie an, würgte sie, trat sie, zerrte an ihr, dass es sie zerriss, und schleuderte sie gegen die Wand, wo sie zerfetzt zu Boden fiel. Fernando oder Kaljajev, wer immer er in diesem Moment nun war, wusste selbst nicht, wie viel Theater in seinem Ausbruch lag. Khatia stand regungslos da, ließ es geschehen, Khatia, diese Hure! Diese majestätische Hure! Das Schimmern ihrer Lippen schien im Zwielicht des Schlafzimmers nicht weniger rot als im künstlichen Licht des Cafés. Kaljajev würde diesen Fitz aus ihr herausvögeln, rücksichtslos, gewaltsam, jetzt! Aber dann stand er nur da, vor ihr, ausgetobt und traurig, müde.

Khatia sprach zunächst ganz leise. Gar nicht zu Kaljajev, nur in den Raum. »Er war gekommen, um sich für den Vorfall heute morgen zu entschuldigen. Wie ein Gentleman. Blumen und Verbeugung, sonore Stimme, teures Parfum. Unglaublich elegant. Souverän. Kaljajev! Dieser Mann ist gefährlich. Nicht dieser Lakai, der hier rumgeschrien hat. Harry Fitz! Er ist der Teufel! Er wird dieses Land in einen Bürgerkrieg stürzen. Wenn ihn keiner aufhält. Jemand muss ihn aufhalten, Kaljajev, ein Attentäter ...« Sie fasste nach Kaljajevs Hand: »Kaljajev, wir beide wissen, dass du es bist, du, du musst es tun! Wenn du es nicht tust, werde ich ihm verfallen. Ich werde dem Teufel verfallen. Seiner Macht, seinem Scharfsinn, seiner Brillanz, seiner Grausamkeit. Hast du von den Anschlägen heute gehört? Auf die Busse? Das waren keine Araber. Das waren die Aufrechts-Leute selbst. Schergen von Harry Fitz. Er lässt morden, während er selber hier fröhlich Liebe macht. Du musst ihn töten, Kaljajev. Du bist der Attentäter! Du musst ihn besiegen. Vernichten! Dann wirst du es sein, dem ich verfalle.« Auf Zehenspitzen warf sich Khatia Kaljajev an den Hals: »Töte ihn, Kaljajev, töte ihn und dann mach mit mir, was du willst!«

Fernando, den Khatias Anhänglichkeit sogleich versöhnt hatte, hätte laut loslachen können, so fiktiv kam ihm in diesem Moment alles vor. Die Situation war grotesk und überdreht wie in der Oper. Fehlte nur, dass Khatia zu singen anfinge. Aber er würde nicht lachen. Er wollte auch singen. Wollte der Opernheld sein. Der Heldentenor. Der Attentäter und Geliebte. Kaljajev! Um nichts in der Welt hätte er seine Rolle verlassen. Khatia machte sich keine Illusionen. Sie wusste, dass Fernando nicht ganz und gar verrückt war. Dafür war er mindestens zwanzig Jahre zu alt. Aber sie wusste auch, dass er es sein *wollte*. Er wollte ganz und gar verrückt sein. Verrückt nach ihr. Vielleicht würde das reichen. »Komm«, sagte sie, »ich möchte dir etwas zeigen.« Kaljajev folgte Khatia in den Keller des Cafés, sah Khatia einen Schuhkarton aus einem Schrank holen, sah sie den Karton öffnen und etwas herausnehmen. Eine Pistole. »Da!«, sagte sie, »und jetzt lass uns überlegen, wie wir es machen!«

ZWISCHENAKT

Der Plan war einfach. Khatia würde in den kommenden Tagen Fitz' Vertrauen gewinnen, körperlich, nun Kaljajev, das musst du eben ertragen. Sobald Fitz ihr aus der Hand fräße, würde Khatia sich mit ihm zu einem Opernbesuch verabreden. Der letzte Schrei. Das wäre doch ein passender Titel. Gegen 22.55 Uhr, Kaljajev erinnerte sich, wie lang die Aufführung ging, würden Khatia und Harry Fitz die Oper verlassen ohne Bodyguards, darauf würde Khatia bestehen – und in ein Taxi steigen. In Kaljajevs Taxi. Kaljajev brauchte sich nur mit falschem Schnurrbart und geklauter Autonummer in die Reihe der wartenden Taxis zu stellen, Khatia würde dann schon den richtigen Moment abpassen. Sie würde mit Harry Fitz hinten einsteigen und dafür sorgen, dass Fitz nicht mitbekäme, wohin sie führen. Wenn es sein müsste, dürfte Fitz sie sogar noch einmal vögeln. Kaljajev würde in irgendeinen Wald fahren, Fitz mit der Pistole zwingen, auszusteigen, und ihn vor einem zufälligen Baum erschießen. Später würde Khatia an einer Kreuzung laut schimpfend und fluchend aus dem Taxi springen, so dass es wirklich jeder mitbekäme, um bei der Polizei zu Protokoll geben zu können, sie hätte sich mit Harry Fitz gestritten und darum zornig das Weite gesucht. Was dann mit Fitz geschehen wäre, würde sie nicht wissen können. Kaljajev aber würde sich den falschen Schnurrbart wieder abnehmen, an seinem Taxi das richtige Nummernschild anbringen und schon würde nicht mehr existieren, wonach gesucht würde.

Doch ungeübt wie Khatia und Kaljajev nun einmal waren, verlief das Attentat nicht nach Plan. Sie hatten die Rechnung ohne die Kartenabreißerin gemacht. Natürlich hatten sie das. Was wussten Khatia und Kaljajev schon von der Kartenabreißerin? Und selbst routiniertere Attentäter rechneten wohl kaum damit, dass ihnen das Opfer vor der Nase weggeschossen wird! Von einer Greisin!

Es hatte damit begonnen, dass die Kartenabreißerin sich nicht mehr sicher war, was ihre Großmutter über Schubladen gesagt hatte. Hatte sie wirklich nur von diesem Schrank gesprochen, dessen Schubladen nicht zählbar wären, oder hatte sie davon gesprochen, dass es immer irgendwo noch eine Schublade geben würde, in der etwas für sie bereit läge? Sie war ja nun selbst eine alte Frau und wusste, dass man das Gerede alter Frauen nicht überbewerten sollte. Und doch hatte sie plötzlich klar und deutlich eine Schublade vor Augen. Eine Schublade, die sie nur noch zu öffnen brauchte. Es war eine Schublade im Requisitenlager der Oper. Sie wusste, was darin war. Und sie kannte von früher Leute, die aus einer Pistole, die man zu einer Requisite verharmlost hatte, ohne große Umstände wieder eine Pistole machen konnten. Sie würde diesen Harry Fitz aus der Welt schaffen. Sie, eine alte Frau, die vor vielen Jahren auf der Flucht vor Krieg und Grauen in einem fernen Opernhaus Kartenabreißerin geworden war. Zinedine Zidane! Sie würde diesen Irren aufhalten!

Ein freundlicher Zufall kam ihr zu Hilfe. Ganz ins Geplauder mit einem nicht mehr ganz jungen Flittchen vertieft, hielt Harry Fitz der Abreißerin eines Abends zwei Karten hin. Der Entschluss war schnell gefasst. Sie würde ihn nach der Oper am Ausgang erwarten und niederstrekken. Ihr war egal, was dann geschähe. Hauptsache, der Kerl wäre weg. Drei Stunden später traten die Besucher aus dem mondänen Eingang des Opernhauses heraus. Der Blick der Kartenabreißerin fiel auf das Flittchen, naja, es war durchaus eine elegante Frau, aber wer mit Harry Fitz in die Oper ging, war für die Kartenabreißerin ein Flittchen. Harry Fitz überschüttete seine Begleiterin mit eitler Leutseligkeit. Das Paar schritt die Eingangsstufen hinab zum Trottoir, an dem eine Schlange von Taxis auf die Operngäste wartete. Jetzt hielt die Frau Harry Fitz zurück, andere Gäste stiegen in das Taxi, auf das die beiden zugesteuert waren. Die Frau kramte in ihrer Handtasche. Komisch, dachte die Kartenabreißerin, warum ist die Frau so nervös und ich, die ich gleich ihren Begleiter erschieße, stehe hier ganz ruhig? Jetzt lachte die Begleiterin wie erleichtert, die Kartenabreißerin hörte sie sagen: »Komm, wir nehmen das Taxi da!« Sie hakte sich bei Harry Fitz unter und das Paar trat auf den Wagen zu.

»Harry Fitz?« rief die Kartenabreißerin dem Sprecher der #aufrechts!-Bewegung hinterher, »Harry Fitz?«. Fitz wandte sich um, suchend, wer ihn angesprochen hatte. »Harry Fitz?« fragte die Kartenabreißerin ein drittes Mal. Jetzt erblickte er sie. »Ich habe etwas für Sie«, sagte die Kartenabreißerin und holte ihre Pistole hervor. »Zinedine Zidane!« rief sie – und schoss. Khatia schaltete schnell. Wie immer. Sie packte den taumelnden Fitz, der jetzt, wie eine Inderin, einen roten Fleck auf der Stirn trug, schob ihn auf die Rückbank von Kaljajevs Taxi, warf die Tür zu und sprang auf den Beifahrersitz. »Fahr!«

Mit zwei elektrisierten und einem toten Insassen raste das Taxi durch die Stadt. Ein Killer-Pärchen auf der Flucht mit einem nicht selbst gemachten Toten, den zu ermorden jedoch der Plan gewesen war. Bei Lichte betrachtet mochte das seltsam anmuten, aber weder Khatia noch Kaljajev waren im Stande, die Situation bei Lichte zu betrachten. Wortlos jagten sie durch die Nacht zur Stadt hinaus, bogen von laternenloser Straße in einen Waldweg ein, hielten. Kaljajev zerrte den erschlafften Fitz aus dem Wagen, schleifte ihn ein Stück durch einsetzenden Regen, fluchte, als dem Toten die Hose vom Hintern glitt, und ließ Fitz schließlich entblößt und sinnlos gegen einen Baum gelehnt zurück.

Auf dem Rückweg schauten Kaljajev und Khatia auf die Straße und hingen ihren Gedanken nach. Fernando war erstaunt, dass die Straße noch genauso aussah wie früher. Die Bäume standen da, als wäre nichts geschehen, die Straßenschilder zeigten ungerührt die Richtungen an. Autos fuhren, wie es sich gehörte, auf ihren Straßenseiten, als läge keine Leiche im Wald. Der Regen fiel noch immer von oben nach unten. Vielleicht lag es daran, dass er nicht selbst geschossen hatte, dachte Fernando. Ihm war klar gewesen, dass er niemanden erschießen würde. Natürlich nicht. Dafür hätte er jemand anders werden müssen. War er aber nicht. Er war derselbe geblieben. Bis auf den Schnurrbart, der nicht aufhörte, zu kitzeln. Allerdings hatte nicht viel gefehlt. Ach, er wusste es nicht. Fernando war froh, dass er die Frage, ob er tatsächlich schießen würde, nicht hatte beantworten müssen. Ihm war es schon schwer gefallen, das Nummernschild zu klauen. »Wir haben nochmal Glück gehabt«, sagte Fernando, halb zu sich, halb zur Windschutzscheibe hinaus, aber doch so, dass Khatia es hören konnte.

Khatia ihrerseits dämmerte, wie idiotisch es gewesen war, den sterbenden Harry Fitz ins Auto zu hieven und in den Wald zu fahren. Klüger wäre es gewesen, Fitz zum Krankenhaus zu bringen oder besser noch, gar nichts mit ihm zu unternehmen und ihn auf dem Gehweg vor der Oper verrecken zu lassen. Herrgott, wie hatte das passieren können? Was hatte diese Alte da zu suchen gehabt? Was fiel ihr ein, Harry Fitz ein Loch in den Kopf zu schießen? Diese Hexe! Diese verfluchte, elende Hexe! Khatia zitterte am ganzen Leib, vor Schreck über das Geschehene und vor Zorn. Zorn auf die Alte, Zorn auf sich selbst und Zorn auf Kaljajev, diesen Schlappschwanz, der sich von einem alten Weib das Mordopfer hatte klauen lassen! Khatia war drauf und dran loszuheulen, da hörte sie Fernando sagen: »Wir haben nochmal Glück gehabt.«

Ein, zwei Sekunden, dann explodierte sie: »Glück gehabt? Glück gehabt? Du sagst, wir hätten Glück gehabt? Einen Scheiß haben wir! Es ist schief gegangen. Es ist gottverdammte Scheiße nochmal schief gegangen! Du hast vielleicht Glück gehabt. Weil du nicht schießen musstest! Weil du nicht Kaljajev sein musstest. Du bist nicht Kaljajev! Niemals könntest du Kaljajev sein! Du bist kein Attentäter! Du bist überhaupt kein Täter! Weißt du, was du bist, Fernando? Du bist ein – ein Aasträger! Das ist alles, was du kannst!«

Filialleiter, Aasträger – Khatia hatte eine gewisse Begabung für zweifelhafte Kosenamen. Fernando fühlte sich durchschaut und verletzt: »Und du? Du hast es in den letzten Tagen doch geil gefunden, mit einem Typen ins Bett zu gehen, den du töten würdest. Töten lassen! Denn ein Mordopfer im Bett reicht dir natürlich nicht. Du brauchst eine Ménage à trois mit Mordopfer und Mörder, wobei du den Mörder hinhältst, bis er es geworden ist!« Das war so rausgehauen von Fernando, beleidigt wie er war. Aber als Replik auf den Aasträger funktionierte es. Auch Khatia fühlte sich durchschaut. So gab ein Wort das andere und die ganze Anspannung der unschuldigen Terroristen entlud sich in einem Gemenge aus Bosheiten, Geschrei und Tränen, bis Khatia völlig außer sich und wie als letzte Reminiszenz an den gescheiterten Plan an einer Ampel aus dem Auto sprang und in eine von Schaufenstern erleuchtete Straße verschwand. Wer ahnte schon, welch grausamen Mechanismus Khatia und Fernando mit ihrer grotesken Aktion in Gang gesetzt hatten!

VIERTER AKT

Nach ein paar Telefonaten, die ihm bestätigten, dass in der Tat die Gelegenheit günstig sei, entschied ein Untersuchungsrichter schon am anderen Morgen – ein früher Wanderer hatte inzwischen die Leiche gefunden – was geschehen war. Eilig herbeigerufene Mitstreiter der #aufrechts!-Bewegung gaben entsprechende Zeugenaussagen zu Protokoll. Ein Pressetermin wurde anberaumt, die Profis aus der Social-Media-Abteilung von #aufrechts! saßen startbereit vor den Tastaturen. Der Untersuchungsrichter ließ noch einmal die Kartenabreißerin kommen und behandelte sie überaus fürsorglich. Er würde ihr gern einen Kaffee anbieten aber dieser Behördenkaffee sei eine Katastrophe, den könne er ihr nicht zumuten. Ob sie einen Cognac wolle? Die Kartenabreißerin verneinte mit einem matten Lächeln. Er mache sich Sorgen um sie, fuhr der Untersuchungsrichter fort, sich selbst eines Mordes zu bezichtigen, den man nicht begangen habe und dazu in ihrem Alter. Und wo denn bitteschön die Leiche sei?

»Die ist weggefahren«, entgegnete die Kartenabreißerin, »das sagte ich doch schon.«

»Weggefahren? Die Leiche ist in ein Auto gestiegen und weggefahren?«

»Nein, eine Frau hat Fitz in ein Auto gestoßen, ein Taxi. Hören Sie, ich habe ihm in die Stirn geschossen. Er wankte. Diese Frau hat ihn irgendwie aufgefangen und in das Taxi gehievt. Sie selbst ist vorne eingestiegen und das Taxi ist davongerast. Es haben doch alle gesehen!«

Der Untersuchungsrichter zögerte. Dann sagte er: »Das ist es ja gerade. Alle haben gesehen, dass Harry Fitz ins Taxi gestoßen wurde. Aber niemand hat gesehen, dass Sie geschossen haben.« Pause. »Das ist schon ein bisschen merkwürdig, finden Sie nicht?«

»Ja«, murmelte die Kartenabreißerin, »das ist merkwürdig.«

»Sehen Sie. Und darum mache ich mir Sorgen um Sie. Warum erzählen Sie so merkwürdige Geschichten? Wissen Sie was? Wir checken Sie jetzt erst einmal richtig durch. Vielleicht sind das nur harmlose Durchblutungsstörungen. Da erinnert man sich schon mal an Dinge, die gar nicht passiert sind. Am Ende ist alles vielleicht ganz harmlos.« Er lächelte. Dann unterschrieb er einen Zettel und gab ihn einem Mitarbeiter. »Bringen Sie die Dame ins Krankenhaus, Sie wissen ja, zum Durchchecken. Man kann ja nicht vorsichtig genug sein. Gerade bei älteren Herrschaften.« Und wieder zur Kartenabreißerin gewandt: »Meine besten Wünsche begleiten Sie. Bestimmt werden Sie schnell wieder gesund. Auf Wiedersehen.«

»Auf Wiedersehen«, sagte die Kartenabreißerin kaum hörbar und erhob sich.

»Kommen Sie, Sie können sich bei mir einhaken«, ein breiter, blonder und segelohriger Mitarbeiter des Untersuchungsrichters bot der Kartenabreißerin seinen Arm. »Ich heiße übrigens Gregor. Sagen Sie einfach Gregor zu mir.« Der Untersuchungsrichter schmunzelte. Der Mitarbeiter hatte die Marotte, sich bei jedem, den er ins Irrenhaus brachte, einen neuen Namen zu geben. Diesmal also Gregor. Als die beiden zur Tür hinaus waren, holte der Untersuchungsrichter ein Aufnahmegerät hervor und diktierte, was geschehen war. Harry Fitz sei nach Verlassen der Oper in ein Taxi gestoßen, entführt und schließlich in einem Waldstück von dem Taxifahrer und dessen Helfern ermordet worden. Taxifahrer sind perfekt, dachte der Untersuchungsrichter, fast alles Fremdländer.

Der erste wurde wenige Stunden später aus seinem Wagen gezogen und auf offener Straße zu Tode geprügelt. Den zweiten fand man auf dem eigenen Fahrersitz von hinten stranguliert und fast zeitgleich versank ein weiterer mit seinem Fahrzeug in einem Fluss. Wie abgesprochen begannen Menschen in der Stadt und dann im ganzen Land, Jagd auf Taxifahrer zu machen. Am Abend nach dem Mord an Harry Fitz lagen sieben tote Taxifahrer in den Leichenschauhäusern. Am nächsten Abend waren es 23, dann 102. Die Taxifahrer wurden in ihren Autos erstochen oder beim Verstauen eines Koffers erschlagen. Vier Taxifahrer, die, von den Ereignissen entsetzt, die Köpfe zusammengesteckt hatten, wurden von einem vorbeifahrenden Motorrad aus erschossen. Einige wurden von ihren Fahrgästen gefoltert, bevor man sie im Kofferraum ihres Taxis verrecken ließ. Mit Messern und Stangen bewaffnete Horden fielen über Taxistände her. Taxis wurden von Verfolgern zu Tode gejagt. Der Krisenstab des Innenministers tagte ununterbrochen, die musische Premierministerin unterbrach ihr abendliches Klavierspiel und ließ sich unterrichten. Straßenkontrollen. Die Polizei errichtete in großem Stil Straßenkontrollen. Eine demonstrative Maßnahme. Allerdings provozierten die Kontrollen Proteste in der Bevölkerung, besonders bei Autofahrern. Der allgemeine Zorn drohte, sich gegen die Polizei zu wenden. Wenn die Polizei schon nichts unternehme, solle sie wenigstens die Bevölkerung nicht daran hindern, sich gegen die Terroristen zu verteidigen. Längst hatte sich herumgesprochen, dass fast alle Taxifahrer Terroristen seien, tausende Schläfer, die nur auf ihren Einsatzbefehl warteten. Der Mord an Harry Fitz sei das Startzeichen gewesen, das Land mit Terror zu überziehen, das ganze Taxigewerbe sei in Wahrheit eine riesige terroristische Vereinigung. Die Polizei habe die Taxifahrer zu jagen, nicht zu schützen. Der Innenminister wurde nachdenklich. Erst als bekannt wurde, dass an mehreren Kontrollstellen Polizisten ihrerseits Taxifahrer erschossen hatten, bekam die Polizei wieder Beifall. Das Morden ging weiter. In den sozialen Medien gab es erste Aufrufe, das Ganze zu systematisieren, der chaotische Aufstand gegen die Taxifahrer sei ineffektiv. Andere warnten jedoch davor, den Volkszorn bremsen zu wollen. Dies sei die Zeit des Tobens. Ein bekannter Comedian warf ein, beim Morden doch bitte nicht den Humor zu verlieren. Wie wäre es mit einem Wettbewerb um den lustigsten Taxifahrermord? Oder den originellsten? Den Preis sollte jeweils der tote Taxifahrer bekommen. Bei den technisch anspruchsvollsten Morden lagen Drohnen ganz vorn. Zumal der Mord hier aus der Perspektive der Waffe live im Netz übertragen werden konnte. Man kannte das ja. Lediglich die Bewaffnung ließ noch zu wünschen übrig. Die Drohnen warfen einstweilen nur Molotowcocktails ab. Den Preis für die originellste Ermordung erhielt ein Taxifahrer, den man in seinem Auto lebendig begraben hatte. Nur das leuchtende Taxischild auf dem Dach hatte noch aus der Erde geragt. Im Netz konnte man wetten, ob zuerst das Schild oder der Taxifahrer seinen Geist aufgeben würde. Zum Hass kam der Spaß. In der Nähe eines Bauernhofes ganz im Westen des Landes, stellten sie einen Taxifahrer unter einem Baum auf das Dach seines Autos, Schlinge um den Hals. Dann drückte einer der Beteiligten das Gaspedal durch. Ein Kavaliersstart erster Klasse. Der Taxifahrer fiel in die Schlinge, das Taxi aber machte einen unbeherrschten Satz durch einen Zaun hinein in einen Heuhaufen. Die Heiterkeit der Umstehenden war beträchtlich.

Nach wenigen Tagen jedoch fuhren keine Taxis mehr. Natürlich nicht. Die Zahl der Toten ging zurück. Am fünften Tag waren es nur noch 24. Am sechsten 2. Landesweit. Fern von ihren Fahrzeugen waren die Taxifahrer sicher, denn woran sollte man einen Taxifahrer erkennen, wenn nicht an seinem Taxi? Eine trügerische Sicherheit. Ein regionaler Anführer der #aufrechts!-Bewegung rief am siebten Tag bei einer Veranstaltung vor laufenden Handys seinen Zuhörern zu: »Einen Taxifahrer erkennt man doch nicht an seinem Taxi! Den erkennt man an seinem Aussehen!« Der Mitschnitt verbreitete sich in Windeseile. Warum war man nicht gleich darauf gekommen? Jeder war Taxifahrer, der danach aussah! Binnen Stunden wurde »Taxifahrer« die Bezeichnung für alle, die es zu jagen galt. Das Krisenkabinett tagte. Man war sich einig, dass man Position beziehen müsse. Ein Anfang. Es wäre immerhin ein Anfang. Innen- und Verteidigungsminister wurden angewiesen, alle »Taxifahrer« in Polizei und Militär unverzüglich vom Dienst suspendieren zu lassen. Auch zu deren eigenem Schutz. Natürlich. Inzwischen wurde so manchem beim Blick in den Spiegel klar, dass er selbst »Taxifahrer« war oder doch jederzeit dazu gemacht werden konnte. Die Taxifahrer fanden sich in Hinterzimmern zusammen. Und schnell stellte sich heraus, dass es darunter Leute gab, die auf einen solchen Moment vorbereitet waren. Merkwürdige Leute vielleicht. Aber Leute mit Waffen …

Effi schaute auf die Wand gegenüber. Dort hingen ein Fernseher, ein Kreuz und ein Sonnenuntergang. Seit Tagen schon schaute sie auf die Wand. Und seit Tagen fragte sie sich, wie diese Dinge nebeneinander geraten waren. Kreuz, Fernseher, Sonnenuntergang. Vielleicht war es auch ein Sonnenaufgang. Effi hatte immer noch Kopfschmerzen. Immerhin konnte sie inzwischen wieder allein ins Bad. Sich im Spiegel ansehen. Ihren Schädel, der an einer Stelle kahl war und vernarbt. Sie würde sich einen Hut kaufen müssen. Oder eine Mütze. Ein Kopftuch. Irgendwas. Der Arzt hatte gesagt, sie brauche noch viel Ruhe. Es hatte eine ganze Weile gedauert, bis sie begriffen hatte, wo sie war. Und es nicht wieder vergaß. Als sie eine Krankenschwester im Flur sagen hörte, die haben einen Panzer vor das Krankenhaus gestellt, hatte Effi geglaubt, sie sei zu Hause. Doch dann war ihr nach und nach wieder eingefallen, was geschehen war. Ihre Wohnung, die Straße, das Café. Bruno. Ihr war, als hätte sie beim Erwachen als erstes in Brunos Gesicht geblickt. Wie lange war das her? Drei Tage? Eine Woche? Wahrscheinlich war sie noch nicht richtig wach gewesen. Bruno. Bruno interessierte sie nicht. Bruno und seine Spiegelgeschichten. Effi wünschte sich, der Mann vom Balkon käme herein und setzte sich an ihr Bett. Sie spürte, wie sie lächelte. Sie würden zusammen arabischen Kaffee trinken. Ich muss Ihnen noch die Zukunft vorhersagen, mein Herr. Sie wusste gar nicht, wie er hieß. Hatte sie es überhaupt je gewusst? Wie hatte er ausgesehen? Er hatte diesen Mund gehabt. Einen auffälligen Mund. Das Lächeln entwich wieder aus Effis Körper. Die Frau des Cafébesitzers hatte das Tablett genommen und sich an seinen Tisch gesetzt! Diese Diebin! Diese gemeine Diebin! Die nimmt sich so einen Mann einfach. Wie ein Stück Zucker. Aber was spielte das für eine Rolle. Der Mann vom Balkon war ohnehin nur ein Traum gewesen. »Ich bin müde und habe Kopfschmerzen«, sagte Effi, als eine Krankenschwester hereinkam.

»Das ist normal. Sie müssen sich nur ausruhen. Seien Sie froh, dass alles so gut verlaufen ist. Unser Doktor ist ein Genie«, nicht nur mit den Händen, dachte die Krankenschwester innerlich kichernd, auch mit der Zunge, »wo ist denn übrigens Ihr Verehrer geblieben? Seit Sie wach sind, habe ich ihn nicht mehr gesehen.«

»Mein …, was meinen Sie?«

»Verehrer! Der Herr, der hier die Tage, in denen sie nach der OP im Koma lagen, an Ihrem Bett gesessen und vor sich hin gemurmelt hat!«

»Ich weiß nicht. Ich habe kein Ahnung, wem Sie sprechen.«

»Wirklich? Das ist ja ein Ding. So, der Tropf läuft wieder. Melden Sie sich, wenn etwas ist. Und ruhen Sie sich aus. Sie müssen noch viel schlafen.«

»Entschuldigen, darf ich etwas fragen?«

»Klar!«

»Jemand sagt vor ein paar Tage, dass steht Panzer vor dem Krankenhaus. Stimmet das?«

Die Schwester zögerte. »Ja, da steht einer. Zu unserem Schutz. Die Taxifahrer machen Terror gegen die Volksregierung der Aufrechts-Bewegung. Es gab viele Tote. Die alte Regierung versucht jetzt, mit Panzern die Lage in den Griff zu bekommen. Man fragt sich wirklich, in welchem Land wir eigentlich leben. Das Beste wäre, die Taxifahrer würden alle verschwinden.«

»Taxifahrer?«

»Ja, so nennen sich die Terroristen. Taxifahrer – völlig idiotisch. Kein Mensch fährt noch Taxi. Es ist alles verrückt. Aber machen Sie sich keine Sorgen. Sie sind hier in Sicherheit. Bis Sie entlassen werden, ist der Spuk hoffentlich vorbei.«

Als die Krankenschwester gegangen war, sank Effi ins Kissen zurück. Ein Panzer. Ein Panzer, also Krieg. Als hätte der Krieg sie gesucht, gefunden und umstellt. Sie war so müde. Schlafen! Schlafen, nichts als schlafen! Wieder ins Koma fallen! Warum haben die mich geweckt? Warum haben die mich nicht schlafen lassen? Drei Jahre. Fünf Jahre! So etwas gibt es doch. Schlafen. Schlafen und nicht leben! Zehn Jahre. Bis es vorbei ist. Effi drehte sich zur Seite, vergrub ihr Gesicht im Kissen …

Brunos Gesicht war tatsächlich das erste gewesen, was Effi, aus dem Koma erwachend, wahrgenommen hatte. Bruno hatte in den Tagen nach der Operation, wann immer er konnte, an Effis Bett gesessen. Hatte sich stundenlang in ihr schlafendes Antlitz vertieft, hatte seinen Blick zu tastenden Lippen gemacht, die zärtlich über Effis Wangen strichen, über ihre Stirn, ihre Nasenwurzel, ihren Nasenrücken, das Kinn, den stummen Mund …

Nach ein paar Tagen hatten seine Augen nicht mehr genügt, zu viel hatte aus ihm heraus gedrängt, hin zu ihr, als wären für Dornröschen seine Augäpfel zu klein. Also begann er zu sprechen. Leise. Ganz leise hatte er Effi mit Worten liebkost. Ihr Geschichten erzählt. Aus dem Spiegel. Von der Schönheit des Geschirrklirrens vor langer Zeit, von Damen, die nie ihre Hüte ablegten, von Philosophen, die an rundem Marmor die Welt erklärten, von dem Anarchisten, der mit einem Schuss die Menschheit befreite, den immerjungen Kellnern, die hinter der Theke ihre Liebschaften besprachen, den Dichtern in schiefgeknöpften Jacken, betrunkenen Schauspielerinnen und von den Blumenmädchen, die ärmlich ihr buntes Blühen feilboten. Ich nehme dich mit, hatte Bruno geflüstert, ich nehme dich mit in diese Welt, wo alles vor langer Zeit geschehen ist, wo alles tot und geschlossen ist und von makelloser Gewissheit wie ein Roman.

Nun ja, wer so etwas einer Schlafenden zuraunt, flieht wohl leicht, wenn sie die Augen öffnet. Bruno hatte sich ertappt gefühlt. Die Wandlung der Schlafenden zur Wachen hatte ihn erschreckt. Nachdem der Prinz sich dem blicklosen Dornröschen eingeflüstert, sie mit Worten in sein Reich entführt hatte, war die Erwachende ihm fremd. Ihr Blick war der einer anderen. Einer falschen. Erschüttert hatte Bruno das Weite gesucht, war aus dem Haupteingang des Krankenhauses geeilt, als soeben der Panzer vorfuhr, von dem Effi später hatte sprechen hören.

Effi wusste, was der Panzer zu bedeuten hatte, und sie wusste auch, was sie zu tun hatte. Wenn sie sich nur nicht so kraftlos gefühlt hätte. So unendlich ermattet. Aber das gehörte dazu. Erschöpfung ist kein Argument. Nicht auf der Flucht. Das hatte ihr eine fremde Frau gesagt, als Effi, die damals noch nicht Effi hieß, sich einfach in den Schnee gesetzt, gegen einen Baum gelehnt und nichts mehr gewollt hatte. Erschöpfung war kein Argument. Effi verschwand am frühen Morgen unbemerkt aus dem Krankenhaus, kehrte durch eine von unruhigen Träumen geplagte Stadt zurück in ihre Wohnung und schlief völlig entkräftet in einen sinnlos sonnigen Tag hinein.

In den Tagen nach dem Attentat und dem Zerwürfnis mit Khatia hatte Fernando seine Wohnung nicht verlassen. Er hatte sich betrunken und dabei ferngesehen. War eingeschlafen und hatte weiter ferngesehen. Als die ersten Berichte von Morden an Taxifahrern kamen, hatte er angefangen, laut zu reden, irgendwas, was ihm in den Sinn kam, und weiter getrunken, weil er fürchtete, sonst zu verstummen. Unmöglich, das Gerät abzuschalten. Was geschah da drinnen, was geschah draußen? Als er die Bilder nicht mehr ertragen konnte, hatte Fernando sich in seine Bücher gegraben, die noch immer als eingestürzter Körper des schönen Puppenkopfes auf dem Boden seines Schlafzimmers lagen. Hatte sich die aufgeschlagenen Werke auf die Ohren gelegt, auf die Augen, auf die Brust. Aber die Bücher waren Fernando gegenüber völlig gleichgültig geblieben. Schlaff. Stumm. Als wüssten sie nichts mehr. Als reichten sie nicht in die aufgewühlte Gegenwart. Vergeblich hatte Fernando nach wenigstens einem Satz geblättert, einem Wort, das noch zu hören war. Aber nichts. Die Bücher hatten keine Ahnung von der Welt, in der Fernando sich befand.

Fernando hatte gewusst, dass die Trunkenheit es ihm unmöglich machte, zu erfassen, was vor sich ging und wo er eigentlich abgeblieben war. Aber er hatte auch gewusst, dass es so angenehmer war. Zu meinen, es läge an der Trunkenheit. Besoffen hatte er den Puppenkopf geküsst und mit ins Bett genommen. »Engel des Grauens« hatte er der Schönen ins Ohr geflüstert. Engel des Grauens. Fernando kicherte. Die Worte, die ihm noch einfielen, klangen wie die Titel von Horrorfilmen. Als wäre alles nicht wahr. Die Morde an den Taxifahrern nicht, nicht der Hass auf alle, die jetzt Taxifahrer – ausgerechnet Taxifahrer! - genannt wurden, nicht die Taxifahrer selbst mit ihren Bomben und Granaten, nicht die Volksregierung der #aufrechts!-Bewegung, die die Macht an sich riss, und nicht der Staat mit seinen Panzern. Schließlich hatte er Maria Callas aufgelegt. Mit voller Laustärke. Um das Getöse zu übertönen, um die Gegenwart mit Belcanto zum Schweigen zu bringen.

Dann aber sah Fernando, La Traviata überlaut in den Gehörgängen, Bilder von der brennenden Oper im Fernsehen. Es hatte am Abend einen Anschlag gegeben. Man sprach von 100 Toten und mehr als 300 Verletzten. Fernando begriff, dass der Gang der Dinge vor nichts Halt machen würde. Auch vor ihm nicht. Er schaltete die Musik ab. Khatia war in Gefahr. Wenn die herausfanden, welche Rolle sie bei dem Attentat gespielt hatte! Was sollte er tun? Tun! Handeln! Fernando wusste doch noch nicht einmal, was er denken sollte! Der Kronleuchter im Opernsaal war unversehrt geblieben. Er dachte etwas, aber die Wörter in seinem Kopf passten nicht zur Wirklichkeit. Als dächte er in einer toten Sprache. Kam die ganze Nacht nicht über Horrorfilmtitel hinaus. Fernando. Fernando! Fernando rührte sich nicht. Er fühlte sich unfähig zu allem. Kaljajev, ja, Kaljajev würde handeln. Kaljajev, der Attentäter. Der Taxifahrer! Der Liebhaber! Der wüsste, was zu tun wäre! Kaljajev würde hinausgehen, zum Café Meridian fahren und Khatia retten! Fliehen mit ihr. Durchbrennen! Davon kannst du, Fernando, doch nur träumen! Ich kann nicht mehr träumen. Die Wirklichkeit kapert alle Gedanken. Vergiss Fernando! Du kannst ebenso gut Kaljajev sein! Du musst dich nur dazu entscheiden. Aber ich bin Fernando! Ha! Fernando, der sich nicht mehr rühren kann! Du kannst Kaljajev sein. Du kannst hinausgehen, in dein Taxi steigen und mit Khatia ein wildes Leben anfangen! Das ist es doch, was du willst!

Übernächtigt und wirr verschlief Fernando den Vormittag im Sessel. Als er erwachte, schien die Sonne herein wie früher. Khatia! Natürlich war die Idee absurd. Aber wer wollte in diesen Tagen über die Absurdität von Ideen entscheiden? Außerdem war es die einzige, die er noch hatte. Also griff Kaljajev nach Fernandos Mantel, trat auf die Straße, setzte sich in sein Taxi und raste los. Es war Irrsinn, das Taxi zu nehmen. Aber es ging am schnellsten. Er hatte keine Zeit zu verlieren. Zehn Minuten später gegen viertel nach zwei am Mittag parkte Kaljajev sein Taxi vor dem Café Meridian.

Als er das Café betrat, schlug Kaljajev bereits ausgelassene Stimmung entgegen. Männer standen zwischen Tischen, auch ein paar Frauen, einige saßen, man rief durcheinander, lachte. »Sehr richtig!« rief einer. Ein anderer sagte wie ein Redner: »Jeder Anschlag der Terroristen stärkt unsere Herrschaft. Der Anschlag auf die Oper war ein Geschenk Gottes!« Allgemeine Heiterkeit. »Gott ist eben groß!« rief einer unter Gelächter dazwischen. Kaljajev fiel auf, dass die Leute Uniformen trugen. Soweit war es also gekommen. Bruno stand hinter der Theke, als wären Jahre vergangen. Wo war Khatia? Sie musste hier raus. Sie musste hier raus, solange es noch ging! Ohne Zögern trat Kaljajev auf die Tür zu, die zu den Privaträumen führte. Er spürte, dass Bruno ihn beobachtete. Egal. Er kannte den Weg. Augenblicke später stand Kaljajev in Khatias Schlafzimmer. Sogar bis hierhin war der Lärm der Aufrechts-Leute zu hören. Elendes Pack! »Khatia!« Hier war sie nicht. Dort, die Tür, wahrscheinlich das Badezimmer. Kaljajev hörte Wasser laufen. Er klopfte.

»Khatia? Khatia, mach auf, du kannst hier nicht bleiben. Wir müssen verschwinden - Khatia!«

»Fernando?«

»Zieh dir was an! Ich bringe dich in Sicherheit!«

Das Wasserrauschen brach ab.

»Fernando, bist du das?«

Kaljajev schien es, als sei die Geräuschkulisse im Café noch lauter geworden. Oder bildete er sich das nur ein? Seine Lippen kamen jetzt der Badtür ganz nah.

»Khatia, du gehörst zu mir! Wir müssen fliehen! Jetzt!«

»Fernando, was ist in dich gefahren? Geh nach Hause!«

»Hör mit Fernando auf, Khatia, es gibt keinen Fernando mehr! Es gibt nur noch Kaljajev. Khatia und Kaljajev!«

Keine Antwort.

»Khatia!«

»Fernando«, Khatia stand nun offenbar direkt hinter der Tür. »Fernando, lass mich in Ruhe! Mit uns, mit Kaljajev, das war ein Irrtum. Es tut mir leid.«

Aus dem Café war Geschrei zu hören. Kein Zweifel, es wurde lauter. Sie wurden mehr, dachte Kaljajev, sie waren besoffen, sie waren die Sieger. Konnten sie etwa nicht jeden Moment in Khatias Gemächer eindringen? Vielleicht wussten sie längst Bescheid. Über Khatia. Über Khatia, Harry Fitz und Kaljajev.

»Khatia, verdammt, hörst du sie denn nicht? Was meinst du, was die mit dir machen werden? Khatia!« Fernando schlug mit der flachen Hand gegen die Tür. »Mach auf! Mach endlich auf!«

Es gab ein metallisch schnappendes Geräusch und die Tür öffnete sich. Da stand Khatia, bleich und schattig, die Wimperntusche verwischt, die Lippen blass, das Haar war achtlos hochgesteckt. Und doch strahlte sie in ihrem dunkelblauen, knielangen Seidenkleid noch immer Eleganz aus und Haltung.

»Khatia!«

Sie sahen sich an. Sekundenlang. Aus dem Café waren jetzt nur noch vereinzelte Rufe zu hören. Sie achteten nicht drauf. Sahen sich nur an. Aber nicht lange genug. Der Moment wurde zerrissen. Schüsse. Im Café wurde geschossen. Fünf, sechs Mal, begleitet von einem Klirren. Einem grausamen Klirren. Als fielen … »Nein!«, stieß Khatia aus, »Nein!« Sie ließ Fernando stehen, stürzte ins Café.

Sie hatten die Spiegel zerschossen. Die berühmten, halbblinden Spiegel des Café Meridian. Die Scherben lagen auf dem Boden, auf den Tischen, auf den Stühlen. Ein Uniformierter griff soeben einem, der noch die Waffe in der Hand hielt, ans Ohr, verdrehte es, fuhr ihn an: »Idiot! Raus mit dir!« Er zog den Schützen ein paar Schritte am Ohr und stieß ihn dann fort Richtung Ausgang, folgte ihm. Die meisten anderen Uniformierten standen schon draußen und einige lachten durch die großen Fenster herein, da trat einer wie aus dem Nichts ganz nah vor Khatia, sie erkannte ihn nicht gleich, er sei untröstlich, aber diese jungen Leute, sie wisse ja, wenn die gut drauf seien, da ginge halt mal was zu Bruch. Dafür habe sie als Taxifahrerflittchen doch sicher Verständnis?, grinste er und pustete Khatia ins Haar. »Mein Pusteblümchen«, sagte er zärtlich, trat einen Schritt zurück, nahm Haltung an, grüßte »Aufrechts!« und schloss sich prustend den letzten Kumpanen an, die soeben das Café verließen.

Fernando war hinüber zum Fenster gegangen und hatte der Horde hinterher gesehen. Jetzt, da es still geworden war, wandte er sich um. Es waren keine Gäste mehr im Café. Khatia stand an der Theke und schaute auf Bruno, der inmitten der Scherben die Wand anstarrte, die brauntrüben Holzplatten, die eben noch die Spiegel gehalten hatten.

»Sie gingen schon«, begann Bruno, ohne den Blick von der Wand abzuwenden, »die meisten waren schon draußen. Da sah mich einer im Vorbeigehen an, blieb stehen. Hey Jungs, rief er, ist euch auch aufgefallen, dass der Patron hier ständig in die Spiegel guckt? Was mag er da nur sehen? Er ging zurück, stellte sich vor die Spiegel. Gar nichts sieht man hier, rief er, die Spiegel sind ja blind. Du brauchst mal neue! Dann nahm er seine Pistole und schoss. Lachte dabei. Schoss die Spiegel in Stücke. Einfach so.«

Bruno verstummte, den Blick wie eingefroren zur Wand gerichtet, zu den Holzplatten, den Spiegeln, die es nicht mehr gab, zum Café Meridian, das es nicht mehr gab. »Bruno!« rief Khatia leise. Sie stand noch immer an der Theke. »Bruno!«. Rief sie ihn um Hilfe? Rief sie, ihn zu trösten? Sie rief ihn. Sie rief Bruno. Das genügte. Es genügte, um Fernandos Herz zu brechen, es genügte, um Fernando zu erleichtern, es genügte, dass Fernando begriff. Er kam hier nicht mehr vor. Es war eine alberne Idee gewesen, ins Café zurückzukehren. Kaljajev! Dieser

Kaljajev war ein Idiot! Dich hätte ich geliebt, Khatia, und du hast es gewusst. Ein Vers von Baudelaire. Der auch nichts mehr bedeutete. Fernando wandte sich zur Tür und ging hinaus.

Zuletzt suchte Effi noch ihren Ausweis. Sie suchte Effi Briest. Sie würde ihre Identität brauchen. Sie hatte den Ausweis immer in der Handtasche gehabt. Aber es hatte keinen Sinn, noch ein weiteres Mal darin herumzuwühlen, sie auf den Kopf zu stellen, zu schütteln, zu rufen, zu heulen. Wahrscheinlich hatte man ihr den Ausweis im Krankenhaus abgenommen. Jetzt gab es keine Effi mehr. Sie spürte, dass es besser war, nicht darüber nachzudenken. Nicht jetzt. Sie musste weg. Nur weg. Als sie erwacht war, hatte sie ihren Koffer vom Schrank geholt und ihre Sachen hineingelegt. Ohne an den goldfarbenen Satin zu denken, mit dem der Koffer ausgeschlagen war, an die Zitadelle, an Vaters Peugeot in der Hecke. Ohne früher. Es war nur noch ein Koffer. Nach P… Sie musste es nach P… schaffen. Wenn es keine Effi mehr gab, dann eben ohne Effi. Sie trat ein letztes Mal an das Fenster, das zur Straße hinaus zeigte. Auf welchem Balkon hatte der Mann Zeitung gelesen? Sie war sich nicht sicher. Es gab so viele Balkone. Das Taxi stand nicht mehr an der Straße. Sie hatte sich in der Nacht erschrocken, ein Taxi zu sehen. Die Terroristen nannten sich Taxifahrer. Hatte das die Krankenschwester gesagt? Das Taxi war weg. Aber wer fuhr denn jetzt noch Taxi? Taxis machten keinen Sinn mehr. Nichts in dieser Straße machte Sinn. Effi, die nicht mehr Effi war, sah in aller Klarheit, wie die Straße in einigen Stunden aussehen würde. Oder Tagen. Mit Glück erst in Wochen. Sie sah die Straße zerschossen und zerbombt, verbrannt, verwandelt in eine gespenstische Landschaft unzusammenhängender Bruchstücke. Sie fasste sich sanft an den Hals und drehte sich vom Fenster weg.

Nachdem Effi, die nicht mehr Effi war, ihre Wohnungstür hinter sich zugezogen hatte, geriet das Treppenhaus ins Wanken. Sie dachte an ein Erdbeben. Ihr Kopf pochte. Unendlich vorsichtig stieg sie die vier Stockwerke hinab, das Geländer fest umklammert. Ihr war übel. Den Flur zur Haustür hin tastete sie sich an der Wand entlang, an den Briefkästen vorbei. Nur raus aus dem Haus! Dann endlich die Tür. Als sie sie öffnete, fiel die Sonne herein. Sie schloss die Augen. Spürte die Wärme auf ihrem Gesicht. Sonne! Sie wusste, dass sie es nicht schaffen würde. Nicht bis zum Bahnhof, nicht zum Zug, nicht über die Grenze, niemals würde sie P... erreichen, wo sie vielleicht in Sicherheit wäre. Aber Erschöpfung war kein Argument. Auch jetzt nicht. Sie nahm ihren Koffer und trat auf die Straße. Sie fragte sich, wie weit sie kommen würde. Vielleicht bis zu dem Laternenpfahl dort, oder bis zu dem Schaufenster mit der Markise. Ja oder dorthinten! Vielleicht ... doch! Das musste die Haustür des Mannes sein, der immer auf dem Balkon Zeitung gelesen hatte. Das wäre doch ein Ziel. Bis zu dieser Haustür wollte sie kommen. Bis zur Tür des Mannes, der morgens auf seinem Balkon Zeitung gelesen hatte. In den sie sich verliebt hatte. Jetzt wusste sie kaum mehr, wie er aussah. Er hatte einen auffälligen Mund gehabt. Aber wie hatte der ausgesehen? Es hatte ihn gegeben. Es hatte ihn doch gegeben! Den Mund. Den Mann. Er war in ihrem Leben vorgekommen. Das unterschied seine Tür von den anderen. Es war eine Tür in ihrem Leben. Eine verschlossene Tür aber eine Tür in ihrem Leben! Dort würde sie sich auf die Eingangsstufen setzen, sich gegen die Hausmauer lehnen und dann wäre alles egal.

EPILOG

Hat Fernando auf dem Weg zu Khatia sein Taxi genommen, weil er meinte, keine Zeit verlieren zu dürfen, so ist es auf dem Rückweg pure Gedankenlosigkeit. Sein Kopf ist leer. Sein Gemüt nur mehr ein paar Stimmen aus entfernten Zimmern. Er achtet nicht auf den Geruch der verbrannten Oper, nicht auf die Menschen, die geduckt über Gehwege huschen. Er fährt einfach. Und aus Gewohnheit fährt er nach Hause. Er parkt unweit seiner Wohnung. Eine Frau sitzt in seinem Hauseingang. Sie scheint zu schlafen. Ihre Haare halb weggeschoren.

Bleich wie eine Tote. Vielleicht ist es jetzt soweit, dass Tote in Hauseingängen sitzen, denkt Fernando gleichgültig. Als er näher kommt, regt die Leiche sich. Fernando kommt nicht auf die Idee, dass er sie kennen könnte. Effi aber, die nicht mehr Effi ist, erkennt den Mann sofort. Der Mann vom Balkon. Jetzt weiß sie wieder, wie er aussieht. Der Mund ...

»Guten Tag«, sagt sie leise.

Fernando hat gehofft, wortlos an der Frau vorbeizukommen. Doch ihr Gruß hält ihn auf. »Guten Tag.«

»Sie erkennen mich nicht.«

»Entschuldigen Sie. ich weiß wirklich nicht...«

Sie bemüht sich um ein Lächeln. Er wird sie ansehen, solange sie lächelt. Vielleicht kann sie solange lächeln, bis er sie erkennt.

»Sind Sie ..., haben Sie nicht im Café Meridian gearbeitet? Sie sind die Kellnerin, die ins Krankenhaus gekommen ist. Richtig? Was machen Sie hier?«

Sie lächelt noch immer: »Nichts. Ich bin einfach nur – verloren. Sagt man so?« Fernando erinnert sich, wie sie ihm Kaffee serviert hat. »Ist leider keine arabisches Kaffee. Kann man nichts Zukunft lesen.« Ihr Lächeln. Das Lächeln, in das er für eine Nacht verliebt gewesen ist. Das Lächeln, als wisse sie mehr als er. Jetzt liegt kein Wissen in ihrem Lächeln. Dabei wäre es jetzt so einfach, mehr zu wissen als er. Das Lächeln der Kellnerin verkrampft sich plötzlich. Sie wendet den Blick von Fernando ab, senkt den Kopf.

Fernando hockt sich neben sie auf die Stufen. Er kann nicht begreifen, dass sie ihn einmal verzaubert hat, wenn auch nur für ein paar Stunden. »Haben Sie Schmerzen?«

Sie spürt seine Gestalt neben sich. Sie wird zittrig. So nah ist er ihr völlig fremd. Sie kauert sich gegen die Wand, schaut zu Boden. Sie muss gegen diese Fremdheit ansprechen.

»Nein, es geht gut. Ich bin nur müde. Ganz müde.«

Fernando will ihr vorschlagen, mit hoch zu kommen, dass sie sich ausruhe. Aber dann hat er Sorge, sie könne ihn missverstehen. Er schweigt und schaut auf ihren Koffer. »Was haben Sie denn jetzt vor?«

Sie schaut noch immer zu Boden. »Ich möchte nach P... Das ist so schöne Stadt. Ich immer habe geträumt. Aber ist weit.«

Fernando hat plötzlich die Bilder von Flüchtlingen vor Augen, die hunderte Kilometer mit Kind und Kegel zu Fuß unterwegs sind. »Und wie wollen Sie da hinkommen?«

Er ist zu nah. Sie kann ihn nicht ansehen. Sie schaut auf die Straße. Auf das Haus gegenüber. Das Haus mit den grünen Fensterläden. »Mit Zug. Aber schaffe ich nicht bis zu Bahnhof. Bus nein, ist zu gefährlich für mich.«

Der Bahnhof würde nichts nützen, denkt Fernando. Nur noch Einheimische bekommen Zugtickets.

Die Kellnerin weint. Fernando bemerkt es nicht gleich. Lautlos laufen ihr Tränen die fleckigen Wangen hinunter.

Jetzt sieht er es. Er möchte etwas sagen, sie aufheitern. »Effi, Sie wollten mir doch die Zukunft vorhersagen. Wissen Sie noch? Aus arabischem Kaffee.« Er fühlt sich so dumm ihr gegenüber. »Entschuldigen Sie«, setzt er hinzu.

»Gibt's keine Zukunft in Satz von Kaffee. Ist nur Spiel. Man muss Wege finden. Wege aus der Tasse. Aber sowieso gibt keine Wege mehr aus der Tasse.«

Beide schauen auf die Hauswand gegenüber. Auf die Fensterläden. Fensterläden. Ganz normale Fensterläden, denkt Fernando. Einige fehlen oder sind zerbrochen, viele sind geschlossen. Ein paar Scheiben kaputt. Nichts rührt sich. Effi weint nicht mehr. Sie ist froh, nicht allein zu sein. Sie ist froh, dass er sich an den arabischen Kaffee erinnert hat. Dass er sie Effi genannt hat. Das genügt ihr.

Und Fernando? Geht in Gedanken durch seine Wohnung. Zwischen den vertrauten Dingen hindurch. Durch den Geruch. Die Stille. Den Staub im Licht. Er betrachtet seine Bücher, die noch immer auf dem Boden liegen, dreht Maria Callas in seinen Händen, geht auf den Balkon, lehnt sich über das Geländer, sieht sich selbst und Effi im Hauseingang sitzen, kehrt zurück, fährt mit der Hand über den Esstisch … Er öffnet die Tür zum Schlafzimmer und findet auf dem Bett den Puppenkopf. Sanft streicht er über das stumme Gesicht, den Nasenrücken, die Wangen. Dann beugt er sich vor und küsst zärtlich die kühle Stirn.

Ohne Effi anzusehen, sagt Fernando: »Ich fahre Sie, Effi.«

Jetzt schaut sie ihn an.

»Ich fahre Sie. Mit dem Auto. Mit meinem Taxi. Es ist die einzige Möglichkeit.«

»Wohin?«

»Sie wollen doch nach P... Also fahre ich Sie nach P...«

Effi wendet den Blick wieder ab, schließt die Augen, sagt nichts. Sie wüsste nicht, was sie sagen sollte. Die Fahrt wäre viel zu gefährlich und sie ist viel zu erschöpft. Und sie will auch keine Hoffnung mehr. Sie will nur hier sitzen, hier in diesem Hauseingang und ganz langsam einschlafen, träumen ...

»Kommen Sie, Effi«, unterbricht Fernando ihr Verschwinden, »wir fahren.« Effi öffnet die Augen wieder. Sie muss diese Fremdheit zulassen. Diese Nähe. Sie schaut Fernando an. »Wie heißen Sie?«

»Fernando. Ich heiße Fernando.«

Ihr Blick weicht ihm aus, fällt auf den Gehweg. »Fernando«, wiederholt sie. Der Name passt zu dem Mann, der auf dem Balkon Zeitung gelesen hat. Nicht zu dem Fremden neben ihr. Aber er ist derselbe. Und er will sie nach P... bringen. »Fernando«, sagt sie und fasst sich an den schmalen Hals, »Fernando ist eine schöner Name.«

Aus der Feder von Frank Baake erscheint Mitte Oktober 2021 der Roman ›**PANCALDIS FALL**‹ im Bernstein-Verlag.

ca. 148 Seiten | kartoniert | 12x19 cm | ISBN 978-3-945426-58-6 | ca. 12,- €

Frank Baake steht – wie die meisten anderen Autoren aus unserem Haus – gerne für Lesungen und Veranstaltungen zur Verfügung. Bei Interesse kontaktieren Sie uns einfach über die angegebenen Kommunikationswege oder besuchen Sie den Verlag im Internet:

WWW.BERNSTEIN-VERLAG.DE

Anfragen richten Sie bitte an
PR@BERNSTEIN-VERLAG.DE

FRANK BAAKE • Studium der Philosophie, Germanistik und Kunstgeschichte. Seit 1984 Happenings und Lesungen in Theatern, Bars und öffentlichen Räumen. Erste Veröffentlichungen im Berliner Rabenschnabel-Kalender. Weitere Veröffentlichungen u.a. 2006 »Und nun zu etwas völlig Anderem«, Satiren. Frank Baake lebt in Düsseldorf.

1. Auflage, Siegburg 2021
© Bernstein-Verlagsbuchhandlung, Gebr. Remmel
www.bernstein-verlag.de // www.bvb-remmel.de

Cover-Abbildung:	Steffen Büchner (Dresden)
	›M7‹, Linoleum (E.A.), 2020
	steingedanken-stebue.de
Autorenfoto:	Jenny Bartsch (Siegburg)
	jennybartsch.de

Printed in Germany | Alle Rechte vorbehalten.
Hubert & Co. | Göttingen

Die Deutsche Nationalbibliothek verzeichnet diese Publikation in der Deutschen Nationalbibliografie; detaillierte bibliografische Daten sind im Internet über http://dnb.dnb.de abrufbar.

ISBN 978-3-945426-65-4